Marie-Luise Schmitz

Mädchen

Verführerischer Chat

Krimi aus der Grafschaft

Die Autorin wurde 1958 in Hessen geboren und ist gelernte Gärtnerin. Sie lebt heute mit Familie und Hund im nördlichen Rheinland- Pfalz.

Bisher von ihr erschienen:

Rauchzeichen ISBN: 978 3837 082135 bei BOD
Auch ein Krimi aus der Grafschaft.

Kontakt und weitere Info:
www.marieluiseschmitz.jimdo.com

Personen und Handlung sind frei erfunden, die Orte und Landschaften dagegen real.

Ein Gruß an alle, denen ich nebenbei etwas Freude an der Natur vermitteln durfte.

Roman: „Mädchen – verführerischer Chat"
© 2010 Marie-Luise Schmitz
Herstellung und Verlag:
Books on Demand GmbH, Norderstedt
Covergestalltung: Jennifer und Sven Schmitz
ISBN: 978 3839 185223

Unbeholfen schlurften ihre Füße über den holprigen Boden, sie wusste nicht wohin sie gehen sollte, sie wusste auch nicht woher sie kam. ‚Hunger', kam ihr in den Sinn und ‚Essen', nur was sollte sie essen, wenn sie nichts hatte.

Also weitergehen! Aber sie ging doch schon so lange. Seit Stunden lief sie schon über dieses harte kurze Gestrüpp, das versuchte ihre Füße festzuhalten, so dass jeder einzelne Schritt ein kleiner Kampf war. Ständig musste man aufpassen, um nicht zu stolpern und hinzufallen. Dabei war ihr schwindelig und ihr Kopf brummte und dröhnte. Vorsichtig fasste sie sich mit einer Hand an ihren Hinterkopf, da war eine Beule, so groß wie ihre Faust. Achtung, nicht berühren! Vorsichtig strich sie über die Haare darunter und besah ihre Finger, zum Glück hatte die Blutung aufgehört.

Sie setzte sich auf einen großen rundgeschliffenen Felsblock und zog ihre Schuhe und Strümpfe aus. Mit den Händen massierte sie ihre schmerzenden und brennenden Füße, dabei sah sie sich um. Nichts, nur Natur soweit sie sehen konnte, weit und breit keine Spur von Menschen – keine Straße und kein Haus – nichts! Sie hatte einen Hügel erklommen, von dem sie gehofft hatte, eine Spur von Zivilisation zu erkennen. Es waren dunkelgrüne Wälder zu sehen, Bäche und Flüsse, mehr zu erahnen und Felsen in allen Größen. Am Horizont sah sie auch einige Seen und in der anderen Richtung weitere Berge, höher als dieser und auch ohne Bäume.

„Wo bin ich hier, verdammt noch mal?"

Es war keiner da, der ihr antworten konnte. Vorsichtig ließ sie ihren Kopf auf beide Hände sinken, ihr war so schwindelig und sie war müde, wo sollte sie schlafen? Man konnte doch nicht hier draußen auf diesem Gestrüpp schlafen. Aber wo hatte sie gestern geschlafen und die Nacht davor und wie kam sie hierher, warum war sie an diesem menschenleeren Ort? So viele Fragen und keine Antworten. Ihr Kopf war leer, sie fühlte sich grau, alles war grau.

Dabei schien die Sonne, es war warm, angenehm. Seit wann schien diese Sonne jetzt eigentlich schon? Wenn sie unterging und es dunkel wurde, müsste sie einen Platz zum Schlafen gefunden haben …

Der Stein unter ihr war warm und groß genug, sie schob sich in seine Mitte und drehte sich in die Embryostellung, ausruhen, einfach nur kurz ausruhen …

Sie war tatsächlich eingeschlafen, als sie wieder aufwachte, fühlte sie sich zwar erfrischt, aber immer noch sehr schwach und vor allem hungrig.

„Lange kann ich nicht geschlafen haben, die Sonne scheint immer noch."

Sie wollte sich aufrichten, als sich ihr Brummschädel wieder meldete. Also, doch lieber noch etwas sitzen bleiben, den Kopf zwischen die Hände nehmen und nachdenken.

„Wie um alles in der Welt, komme ich hierher, an dieses Ende der Welt? Und warum kann ich mich an nichts erinnern, mein Hirn scheint doch noch zu funktionieren?"

Alles erschien ihr immer noch so grau, eine diffuse Masse waberte in ihrem Gehirn herum und gab keine Informationen preis. Sie wusste nur noch, dass sie mit einer heftigen Platzwunde am Hinterkopf aufgewacht war, mitten in einer dichten Fichtenschonung. Das Blut hatte sie vorsichtig an einem Bach aus ihren Haaren gewaschen. Ihren Durst hatte sie ignoriert, die Stimme ihrer Mutter geisterte in ihrem Kopf herum:

‚Man trinkt nur sauberes Wasser, bestimmt nicht aus irgendeinem dreckigen Bach, der verseucht sein könnte.'

Krampfhaft hatte sie versucht, sich an das Bild ihrer Mutter zu erinnern, aber auch da kam nichts. Schließlich hatte sie einen Weg aus dem Wald herausgefunden und diesen Hügel ohne Baumbewuchs gesehen.

‚Von dort oben sollte ich wohl eine bessere Übersicht haben', hatte sie sich überlegt.

Stunden hatte sie gebraucht, sich hinaufzuquälen, ohne Erfolg, wie sie jetzt nochmals feststellen konnte. Dafür knurrte ihr Magen heftiger denn je, ihr Mund war total ausgetrocknet, die Zunge klebte am Gaumen fest und das Schlucken ging gar nicht. So hätte sie nichts essen können, sie sah sich nach Beeren um – Fehlanzeige! „Außerdem weiß ich gar nicht welche essbar sind, es gibt doch auch giftige Beeren, oder?"

Sie fand einen kleinen runden Kieselstein, den sie ohne zu zögern aufhob und in ihren Mund schob. Ein paar Mal drehte sie ihn wie ein Bonbon mit der Zunge umher und langsam bildete sich etwas Speichel. Jetzt ging sie ganz langsam und vorsichtig den Hügel wieder abwärts, wohin war ihr nicht klar, war aber auch egal.

Am Boden fand sie ein seltsames Gewächs, klein grauweiß und hart, sie konnte es zwischen den Fingern zerbröseln. Aus irgendeinem Grund kam ihr die Pflanze bekannt vor, sie wusste jedoch beim besten Willen nicht woher, immer noch wurden all ihre Erinnerungen in einem dicken Wattebausch in ihrem Gehirn gefangen gehalten. Ein kleines Teil der Pflanze steckte sie sich in den Mund. Die Spucke, die sich dank des Steines gebildet hatte ließ die Pflanze weich werden. Es schmeckte seltsam, aber nicht schlecht. Langsam zerkaute sie die Masse und pflückte sich noch mehr von den kleinen grauweißen Pflanzen ab.

„Besser als gar nichts zu essen, macht zwar nicht satt, schmeckt aber irgendwie richtig, passend zu dieser Einöde."

Ihr war klar, dass sie im Tal wieder den kleinen Bachlauf finden musste und dieses Mal würde sie auch von dem Wasser trinken.

Lange hatte sie gebraucht, um wieder ins Tal zu kommen und eine geeignete Stelle an dem kleinen Bach zu finden, wo sie ihre Hände mit dem kostbaren Wasser füllen konnte. Es schmeckte köstlich, erfrischend und lebenserweckend. Zuerst hatte sie ihre Hände gierig leergeschlürft, doch später war es zu einem Ritus geworden. Sie kniete am Ufer, tauchte die Hände in das kühle Nass, beförderte eine kleine Menge an ihren Mund und schloss beim Trinken die Augen. Sie spürte geradezu wie das Wasser in ihren Magen lief und ihre Lebensbatterie auflud.

Als Krönung fand sie sogar einige winzig kleine Erdbeeren, sie konnte sich an die Früchte von Zuhause erinnern, die ihre Mutter aus dem Supermarkt mitbrachte. Die waren wesentlich größer, so kleine wie diese, hatte sie noch nie gesehen, doch der Geschmack war Spitze und stellte alles andere, was sie bisher gegessen hatte, in den Schatten. Nach all der Schlemmerei war ihre Blase gut gefüllt und sie suchte sich ein Plätzchen in einem dichten Fichtenwäldchen.

„Welcher Quatsch, für wen verstecke ich mich hier eigentlich, es ist kein Mensch zu sehen weit und breit!"

Danach hatte sie sich wieder sehr schlapp gefühlt und auch ihre Kopfschmerzen waren wieder stärker geworden. Auf einem kleinen Flecken weichen Moos hatte sie sich wie ein Tier zusammengerollt und zum Glück auch einschlafen können.

Sie war wieder aufgewacht und klopfte sich das Moos und einige Ameisen von ihrer Kleidung, ihre Kopfschmerzen waren so gut wie verschwunden, neugierig sah sie sich um. Die Sonne schien und die Vögel zwitscherten um sie herum, aber sonst war kein anderes lebendiges Wesen zu sehen, oder zu hören. Wie lange irrte sie jetzt schon in dieser merkwürdigen

Gegend herum, einen Tag, oder zwei, vielleicht sogar schon drei Tage lang?

Sie hatte keinerlei Zeitgefühl, denn immer schien die Sonne. Auch jetzt, es kam ihr zwar etwas frischer vor und sie war froh eine Jacke zu haben, aber die Sonne schien auf jeden Fall von rechts neben ihr durch die Bäume.

„Ich kann ja auch die Schatten sehen, aber bevor ich eingeschlafen bin, waren die Schatten nicht links, sondern eher geradeaus. Trotzdem ist es nicht normal, dass es immer hell und sonnig ist."

Krampfhaft grübelte sie, ob sich nicht doch noch verschiedene Erinnerungsfetzen finden ließen, die ihr helfen könnten. Doch in ihrem Kopf war immer noch jene weiche Masse, wie Watte, die nichts herausließ.

„Warum aber kann ich mich an die Erdbeeren von Zuhause erinnern? Ich habe die kleinen Dinger hier gesehen, weiß hren Namen und dass diese hier besser schmecken, als die, die ich kenne. Was soll das alles, warum kenne ich diesen Wald nicht und diese Jacke, die ich trage, kommt mir auch total unbekannt vor.

Ist das eigentlich mein Stil? Jacke bis über den Hintern mit vielen Taschen und Kapuze, dazu diese Farbe – beigebraun - hässlich. Ich kann mich einfach nicht erinnern."

Ihr weiteres Outfit bestand in Jeans und Turnschuhen, unter der Jacke trug sie ein knappes T-Shirt. Mit diesen Kleidungsstücken hatte sie keine Probleme, die konnte sie als die ihren zuordnen. Einen Eid darauf hätte sie allerdings auch nicht geschworen.

Sie ging wieder an den erfrischenden Bach, um sich zu waschen und um etwas zu trinken, die befürchteten Magenschmerzen waren ausgeblieben.

„Wenn ich doch nur wüsste, wo ich bin, vielleicht würde mir dann auch einfallen, wie ich hier hergekommen bin. Oder bin ich etwa am Schlafwandeln? Aber haben

Schlafwandler Hunger und Kopfschmerzen? Wohl eher weniger. Ich glaube fast, ich bin tot, aber ist das hier dann der Himmel oder die Hölle? Ach, das ist doch auch alles scheißegal, falls ich noch nicht tot sein sollte, wird es nicht mehr allzu lange dauern, dann bin ich es, wenn ich nicht bald etwas zu essen bekomme. Ob es wohl jemanden gibt, der dann um mich trauert?"

Gerne hätte sie jetzt einige Tränen Selbstmitleid hervorgepresst, aber es kamen keine.

Als sie ihre Umgebung nochmals überprüfte, fiel ihr auf, dass sie sich auf einem kleinen Pfad befand, wo sich am weichen, feuchten Boden auch Abdrücke verschiedener Tiere erkennen ließen, dem Bachlauf folgend, hielt sich der Wildwechsel in seiner Nähe.

„Ich werde dem kleinen Bachlauf folgen, der wird irgendwann größer und größer und zum Schluss bin ich am Meer."

Sie war froh einen Entschluss gefasst und ein Ziel vor Augen zu haben.

Der schmale Pfad führte durch einen alten Wald mit riesigen Fichten, manche waren auch umgestürzt und dann suchte sie ihren Weg um das Hindernis herum, oder sie kletterte darüber hinweg, wobei die abgestorbenen Äste sie daran zu hindern versuchten. Es war recht still, ab und zu zwitscherten einige Vögel, einmal ließ der Schrei eines Eichelhähers sie erschreckt auffahren. Das dicke weiche Moos zwischen den Bäumen verschluckte selbst den Laut ihrer eigenen Schritte. Oftmals lagen dicke Findlinge auf ihrem Weg, manchmal waren es richtige Steinfelder, die sie nicht umgehen konnte, dann kletterte sie, mit den Händen Halt suchend, vorsichtig über das Hindernis. Sie hatte Angst, die Steine könnten unter ihrem Gewicht ins Rutschen kommen und sie unter sich begraben. Manche wackelten, blieben aber auf ihrem Platz.

Die Luft am Bach war angenehm erfrischend, es war hier viel kühler, als auf dem baumlosen Hügel, obwohl die Sonne immer noch schien, allerdings drang kaum einer ihrer Strahlen bis unten auf den Waldboden.

Ihr Magen kam ihr inzwischen wie ein großes Loch vor und der Gedanke nach ‚Essen' ging ihr nicht aus dem Kopf, sie hatte schon ein kleines Stück Moos versucht, aber der Geschmack war nicht sonderlich gewesen.

Das Moos hinterließ einen bitteren Nachgeschmack. Auf weitere Experimente, wie zum Beispiel die Baumrinde, die sie schon in der Hand gehalten hatte, verzichtete sie erst einmal.

Zum Glück gab es den kleinen Bach, an dem sie jederzeit eine Stelle zum Trinken suchen konnte.

Seit Stunden war sie jetzt längs des Baches unterwegs, sie hatte regelrecht Angst aus seiner Sicht- und Hörweite zu geraten, er war zu ihrem Rettungsanker geworden. Mit seinem leisen Geplätscher verschaffte er ihr eine gewisse Sicherheit, ein Gefühl des Vertrautseins, sie konnte sich auf ihn verlassen.

Immer wieder hielt sie kurz an, um sich umzusehen. Nicht, dass sie viel Erfahrung mit dem Wald gehabt hätte, nur ihre Kondition war sehr geschwächt, so legte sie immer wieder Pausen ein und sah sich nach essbarem um. Auf den dicken Findlingen, die wie planlos überall verstreut lagen, fand sie mehr von dem seltsamen hellen Zeugs, was sie vorher schon gegessen hatte. Hin und wieder pflückte sie sich ein Röschen von dem trockenen Zeugs ab, um es schließlich sorgfältig zerkaut runterzuschlucken.

Gegen den Hunger lies sich damit jedoch nicht viel ausrichten, es war nur das Gefühl etwas zum Kauen im Mund zu haben, irgendwie war es beruhigend.

Doch sie musste ihren Weg am Bach verlassen, dorniges Gestrüpp hinderte sie am Weiterkommen, schweren Herzens schlug sie einen Bogen und suchte sich einen anderen Pfad. Die Bäume standen hier nicht so dicht zusammen und die Sonne drang bis auf den Boden durch. Dadurch war hier auch der Pflanzenbewuchs dichter, aber zu ihrer größten Freude fand sie hier auch einen Flecken, auf dem dichtgedrängt viele kleine Walderdbeerpflanzen standen. Sofort ging sie in die Hocke und fing an zu ernten, mit Genuss aß sie die kleinen roten, aber auch halbroten Beeren.

Sie war völlig vertieft und erschrak beinahe zu Tode, als sie plötzlich hinter sich eine tiefe Stimmen hörte: „Varifråm kommer du?"

Völlig perplex fiel sie nach hinten auf ihren Po, verschreckt drehte sie ihren Kopf in die Richtung aus der die Stimme jetzt erneut fragte: „Vad heter du?"

Fassungslos starrte sie auf ein vollbärtiges Männergesicht, das sie fragend anschaute.

‚Wo kommt der jetzt plötzlich her', dachte sie und konnte nur stammeln: „Ich, ich …"

„Du sprichst deutsch?" fragte das Bartgesicht jetzt etwas freundlicher und wiederholte seine Fragen: „Woher kommst du und wie heißt du?"

‚Zu viele Fragen auf einmal', dachte sie ‚und keine, die ich beantworten kann.'

Zu Bartmann gewandt, schüttelte sie nur stumm den Kopf.

„Du musst doch wissen wie du heißt und woher du kommst … bist du ganz alleine?"

Instinktiv nickte sie und ärgerte sich aber sofort darüber, vielleicht wäre es besser gewesen, Bartmann zu belügen, ihm zu sagen, der Rest ihrer Gruppe sei etwas weiter oben am Hang.

Das war jetzt zu spät, andererseits sie brauchte dringend etwas zu essen, eine ordentliche Wäsche und bitte, bitte ein weiches Bett. All diese Wünsche schienen in ihren Augen zu liegen und zudem ihre unbeschreibliche Angst. Dabei hatte sie diesen Mann noch nie in ihrem Leben gesehen, oder etwa doch? Vielleicht war er ja der Übeltäter, der sie so zugerichtet hatte?

Der Mann kam ganz nah auf sie zu und sie kauerte sich in die Hocke und schloss ihre Arme um ihre Knie, angstvoll sah sie zu ihm auf. Doch er strich nur mit der Hand vorsichtig über ihre Haare, die an dieser Stelle noch verklebt waren, von verkrustetem Blut.

„Au", schrie sie auf. So sehr wehgetan hatte es nicht, aber sie wollte nicht von ihm angefasst werden.

„Was ist denn mit dir passiert?"

Und als sie nicht antwortete, sprach er in einem ganz ruhigen Ton weiter: „Du brauchst keine Angst vor mir zu haben, ich tue dir gewiss nichts, aber du brauchst Hilfe. Komm mit zu meiner Hütte, die ist gleich da hinten, du hast eine heftige Prellung und möglicherweise eine Gehirnerschütterung."

Da sie einsah, dass Bartmann recht hatte und sie keine andere Wahl, stand sie langsam auf und war richtig wackelig auf den Beinen, so dass ihrem Begleiter nichts anderes übrig blieb, als sie stützend am Arm zu nehmen und ihr beim Gehen Halt zu geben.

„Du wirst das Stück schon selber laufen müssen, tragen kann ich dich nicht, so stark bin ich leider nicht", sagte er, als sie irgendwann ächzend fragte: „Wie weit?"

Das kleine Stück kam ihr tierisch weit vor und sie war fix und alle, aber dass er sie nicht tragen wollte, kam ihr doch etwas übertrieben vor, er hätte es ja wenigstens mal versuchen können. Sie selber kam sich leicht, wie eine Feder vor und außerdem hatte sie seit Tagen oder waren es jetzt schon Wochen, nichts richtiges mehr gegessen, es konnte doch kein Krümel Fett mehr an ihr sein.

Das angeblich kleine Stückchen wollte kein Ende nehmen, am liebsten hätte sie sich unterwegs irgendwo auf dem Waldboden zusammengerollt und geschlafen. Ab und zu knickten ihre Beine ein und ihr Begleiter musste kämpfen, um ihr zu helfen die Balance zu halten. Ihr Kopf kippte gefährlich nach unten ab und sie biss sich auf die Zähne, um nicht laut zu schreien: „Siehst du nicht, dass ich nicht mehr weiterkann!"

„Wir haben es jetzt geschafft", sagte er plötzlich, aber sie konnte immer noch nichts sehen. Doch er schwenkte sie um eine dichte Hecke herum und sie standen vor einer kleinen Blockhütte.

„Gott sei Dank", murmelte sie und ließ sich auf den Boden sinken.

„Willst du nicht lieber hereinkommen und dich auf mein Bett legen?"

Bartmann half ihr nochmals auf die Beine hoch und führte sie in seine Hütte, wo sie ohne ein Wort zu verlieren, auf das Bett fiel, ohne Übergang sank sie in einen tiefen komaartigen Schlaf.

Sie wachte auf, als ihr die Sonne in die Augen schien. ‚Dieses Land kennt keine Nacht', dachte sie ‚hier ist immer strahlender Sonnenschein, das ist doch nicht normal!'

Sie stützte sich vorsichtig auf die Ellenbogen um sich verstohlen umzuschauen, sie wollte noch keine Aufmerksamkeit erregen, sondern erst einmal die Lage sondieren. Vor allem wollte sie wissen, was das für ein Mensch war, der sie in seine Hütte und in sein Bett gebracht hatte. Ob sie ihm wohl vertrauen konnte? ‚Sieht aus wie ein Opa, hat schon ganz graue Haare, aber das heißt nichts.'

Zum erstenmal seit Tagen, waren ihre Kopfschmerzen kaum zu spüren, sie fühlte sich relativ erholt und beobachtete weiter den Mann, der draußen vor der Türe in der Sonne saß. Er hatte allerlei Gerätschaften um sich herum, eine Kiste, die man aufklappen und dabei auseinanderziehen konnte und verschiedene Plastiktüten. An der Wand lehnte eine Angel und in seiner linken Hand sah sie eine dünne Plastikschnur. Sie hatte keine Ahnung, was das werden sollte, aber die Bewegungen des Mannes waren ruhig und überlegt. Seine rechte Hand konnte sie nicht sehen, aber jetzt sah es so aus, als wolle er einen Faden in ein Nadelöhr schieben. Plötzich, ohne in seiner Arbeit innezuhalten, fragte er: „Macht es Spaß, anderen beim Arbeiten zuzusehen?"

„Was tun sie da?"

„Ich bereite meine Angel vor, damit ich Fische fangen kann und wir etwas zu essen bekommen."

Er zog mit den Zähnen an dem Silk, legte den fertig gebundenen Angelhaken auf den Stuhl, auf dem er bisher gesessen hatte und kam zu ihr in die Hütte.

„Wie geht es dir jetzt?"

Sie nickte nur, hatte sich jedoch während seines Näherkommens an den hinteren Bettrand, bis ganz dicht an die Wand gerückt.

„Sehr gesprächig bist du ja nicht, ich hatte gehofft, du könntest mir jetzt etwas mehr erzählen. Fangen wir noch mal von vorne an, wie heißt du denn eigentlich?"

In diesem Moment wurde es ihr selbst erst bewusst, dass sie keine Ahnung hatte, wie sie hieß. Mit halbgeöffnetem Mund sah sie in sein Gesicht und versuchte sich an ihren Namen zu erinnern. Ihren fassungslosen Augen konnte er ablesen, dass sie ihm diese Antwort schuldig bleiben würde.

„Ich heiße übrigens Einar und du kannst ruhig du zu mir sagen. Nächste Frage, weißt du denn, wo du herkommst und wie du hierher kommst. Nein, halt langsam, sag mir erst einmal, ob du weißt, wo du herkommst. Aus Deutschland denke ich mir, der Sprache wegen, doch es wäre schön, wenn wir das etwas genauer wüssten."

Fragend sah er sie an, doch sie schüttelte ganz langsam mit dem Kopf.

„Wie du hierher kommst, kannst du mir dann sicher auch nicht sagen?"

Das Kopfschütteln blieb.

„Wer hat dich so zugerichtet? Ich habe versucht, dir all das verklebte Blut aus den Haaren zu waschen, du bist am ganzen Körper schwarz und blau, jedenfalls an den Stellen, die ich gesehen habe. Die Verletzung am Kopf sollte eigentlich unbedingt von einem Arzt untersucht werden, wahrscheinlich wäre es das beste, dich in ein Krankenhaus zu bringen. Ich nehme an, dass du Kopfschmerzen hast?"

Während er sprach befühlte sie automatisch die Stelle an ihrem Hinterkopf und sah an sich herab. Er hatte ihr die Jacke ausgezogen, den Rest ihrer Kleidung, selbst die Hose trug sie noch auf dem Leib.

„Sie sind im Moment auszuhalten, waren aber die letzten Tage schlimmer."

„Kannst du dich denn an gar nichts mehr erinnern?"

Wieder nur Kopfschütteln.

„Du wirst eine Gehirnerschütterung und eine Amnesie haben, meistens kommt die Erinnerung später von selbst wieder. Wie steht es mit dir, soll ich dich ins nächste Krankenhaus bringen, das ist allerdings einige Stunden Autofahrt von hier entfernt. Und das Fahren über unsere holprigen Wege ist bestimmt nicht sehr angenehm für dich. Das vernünftigste wäre, einen Hubschrauber anzufordern, aber ich habe hier weder Telefon noch Handy. Fühlst du dich bei mir sicher genug, um dich gesund zu schlafen und so zu erholen? Zum Krankenhaus können wir dann immer noch fahren, oder lieber zur Polizei, wenn du willst."

Er richtete sich etwas auf und sah sie ernst an, bevor er weitersprach:

„Hör mal, ich habe schon gemerkt, dass du so weit wie möglich von mir weggerückt bist, doch ich werde dich ohne deine Erlaubnis nicht anfassen."

16

Es huschte ein leichtes Grinsen über sein Gesicht, das seine Falten, vor allem um den Mund noch mehr betonte.

„Schön wäre es allerdings, wenn du dich entschließen könntest mit mir zu sprechen, erzähle mir einfach, was dir einfällt, oder was du während der letzten Tage gemacht hast. Du warst einige Zeit im Wald, stimmt das? Hattest was zu essen dabei?"

Erneutes Kopfschütteln. „Ich habe so kleine Erdbeeren gefunden, die waren lecker."

‚Stimmt, dabei habe ich dich gefunden, du warst so vertieft, dass du mich nicht kommen gehört hast. Warte ich mache dir jetzt eine Hühnerbrühe warm, die wird dir gut tun."

Schon während des Sprechens war er aufgestanden und quer durch den Raum zu einem Herd gegangen. Mit schnellen Bewegungen hatte er eine Flamme entzündet und zog einen kleinen Topf darüber.

„Die wird schnell wieder warm sein, ich habe vorhin auch schon etwas davon gegessen und extra eine Portion für dich aufgehoben. Was hast du sonst noch gemacht?"

„Ich bin dem Bach gefolgt."

„Wie groß war der Bach, als du anfingst ihm zu folgen?" Sie zeigte mit den Händen seine ungefähre Größe an. „Nun, das muss doch ziemlich am Oberlauf gewesen sein. Was sonst noch?"

„Ich bin auf einen Berg gestiegen, einer wo oben keine Bäume wuchsen. Ich dachte ich könne von oben besser sehen, wo ich bin, oder wo ich andere Menschen finden könnte. Aber da war nur Wald."

„Berg ohne Bäume, das kann eigentlich nur Walhall gewesen sein. Dann hast du aber doch schon einen ziemlichen Marsch hinter dir, in deinem Zustand."

„Jetzt würde ich aber doch gerne wissen, wo ich bin, was ist das für ein komisches Land, immer scheint die Sonne, nie ist mal Nacht."

Beinahe hätte sie noch hinzugefügt, zu glauben in einem Traumland zu sein, die Bemerkung verkniff sie sich aber lieber. Einar ging mit einer Suppentasse bewaffnet zum Herd, um die Flamme unter dem Topf zu löschen und brachte ihr dampfende Suppe mit. Sie schnupperte mit der Nase den leckeren Geruch ein.

„Warte, einen Moment mit dem Essen, sonst verbrennst du dir die Zunge."

„Ja, ja", meinte sie etwas ungeduldig, „wo bin ich denn nun?"

„Wir sind hier in Mittelschweden, der Polarkreis ist nur etwa dreihundert Kilometer nördlich von uns und da wir erst vor einigen Tagen Mittsommer hatten, sind die Nächte noch sehr kurz."

„Sehr kurz ist gut, ich habe das Gefühl, hier gibt es gar keine Nacht, eigentlich hat doch immer die Sonne geschienen."

„Ja, in diesem Jahr meint es das Wetter gut mit uns, der Sommer hat sich dieses Jahr schon früh angemeldet und wir haben im Moment eine stabile Hochdrucklage, es wird also noch eine Zeitlang schön bleiben."

„Und ich dachte immer, Schweden sei so kalt."

„Schweden ist groß, oder besser gesagt, lang, die Winter im Norden sind schon recht heftig und auch hier gibt es strenge Fröste, dafür sind unsere Sommer vielleicht kurz, aber meist recht schön. Hast du niemals Astrid Lindgren gelesen?"

„Keine Ahnung, ich bin nicht so sehr der Lesefreak."

„Wir sind hier klimatisch recht geschützt, den Norden und Westen begrenzen höhere Berge, die du von Walhall aus sehen konntest, die sind über tausend Meter hoch. Die Regenwolken bleiben daran hängen und regnen sich oftmals aus."

Langsam fing sie jetzt an, ihre Suppe zu löffeln, die zwar nur aus der Tüte war, aber mit verquirltem Ei und einigen zusätzlichen Nudeln verfeinert wurde.

„Schmeckt es dir?"

Er sah ihr Kopfnicken und sprach weiter: „Du musst langsam essen, schließlich hast du seit einigen Tagen keine richtige Nahrung mehr bekommen und dein Körper muss sich wieder daran gewöhnen. Aber du kannst gerne noch mehr Suppe haben."

„Was tust du eigentlich hier, wie war das, ohne Telefon und Handy?"

„Was soll ich hier damit, ich habe keinen Strom und es gibt keine Funkverbindung. Somit sind unsere technischen Wunderdinge nutzlos."

„Kein Strom", sie schüttelte zweifelnd den Kopf, „keine Musik, kein Fernseher …"

„Und keine Spülmaschine, keine Waschmaschine, kein Licht, obwohl das braucht man im Moment wirklich nicht."

„Wie kann man so leben?"

„Oh, das geht sehr gut, allerdings muss ich gestehen, dass ich immer nur im Sommer hier bin. Hier verbringe ich jedes Jahr meinen Urlaub und kann mich dabei herrlich entspannen, ich fühle mich dann so richtig entmüllt."

„Ich weiß nicht….", zweifelnd aß sie ihre Suppe weiter und verlangte nach mehr.

„Die Suppe tut richtig gut, ich fühle mich schon viel besser."

„Wie war das jetzt mit dem Krankenhaus?"

„Ich glaube, ich würde doch gerne noch ein wenig hier bleiben", meinte sie und fügte zögernd hinzu: „Wenn es geht."

„Dann wird es viele Fische zu essen geben, hoffentlich beißen sie."

„Warum das?"

„Ich habe doch keinen Kühlschrank, schon vergessen? Ich kann nur Konserven und haltbare Dinge mitbringen, noch habe ich einige frische Lebensmittel, aber auch

19

nur, weil ich erst vorgestern angekommen bin. Ein Ei kann ich dir später nicht mehr anbieten, auch kein frisches Brot, aber so lange wirst du kaum bleiben wollen, denke ich, ohne Musik und Fernsehen."

Er nahm die Suppentasse an sich und stellte sie auf einen kleinen Schrank rechts neben den Herd.

„Kommst du mit zum Angeln, oder möchtest du weiterschlafen?"

„Nein, ich…. ich – wo ist denn hier die Toilette?"

Er lachte herzlich.

„Es gibt einen Donnerbalken, komm, ich zeig dir, wo der ist."

‚Was wird das nun wieder sein', dachte sie und folgte Einar zögerlich nach draußen.

Hinter der Hütte stand eine ganz kleine Hütte, richtig im Gehölz versteckt, mit einem kleinen Herzchen in der Holztür, als Guckloch.

„Hier ist es", meinte er lachend, „ich denke du kommst alleine zurecht. Ich versuche in der Zwischenzeit etwas zum Mittagessen zu angeln. Du findest mich am See."

„Welchen See?" fragte sie erstaunt.

„Na, der See, der direkt vor meiner Hütte liegt, der Nedre Lill-Stensjön, sag bloß, den hast du noch nicht gesehen?"

Sie musste etwas über seine schwedischen Worte grinsen, die Sprache hörte sich lustig an und so verzichtete sie auf eine Antwort und schüttelte nur mit dem Kopf. Ohne auf einen weiteren Kommentar zu warten, öffnete sie die Türe des Häuschens und sah sich um.

„Iih, hier gibt's ja Spinnen!"

Doch Einar war schon unterwegs zum See und so blieb ihr nichts anderes übrig, als damit zurechtzukommen.

Als sie später den grasbewachsenen Hang hinunterschritt, war ihr eine brennendheiße Frage eingefallen, doch ein Blick auf den See, ließ sie alles vergessen.

„Pah, ist das schön hier!"

Die dunkle Wasserfläche lag ruhig und klar wie ein Spiegel und genauso spiegelten sich, mit Hilfe der Sonnenstrahlen, Bäume und Felsen darin, sogar die Wolken am Himmel, konnte man im Wasser sehen.

Einar stand mit der Angel in der Hand am Ende eines Holzstegs, der ins Wasser reichte. Ruhig beobachtete er eine kleine rote Kugel, die in einiger Entfernung auf dem Wasser trieb.

„Na, gefällt dir der See?"

„Ja, er ist wunderschön, so einen schönen See habe ich noch nie gesehen und überhaupt, die Blumen überall!"

Sie hatte sich endlich umsehen können und das Bild der Landschaft kam ihr wie auf einer Ansichtskarte, möglicherweise aus den Alpen vor. Als Sommerbild natürlich, auch hier gab es dunkle Fichten, sattgrüne Wiesen, mit vielen bunten Blumen dazwischen, helle Birken und natürlich der dunkle See. Einars Hütte passte dazu, wie bei einer kleinen Modellbahnlandschaft. Die unvermeintliche Sonne tauchte alles in ein unwirkliches Licht.

„Wo sind die anderen Menschen?"

„Welche anderen Menschen?" fragte er verblüfft.

„Na, an solch einem tollen See, müssen doch noch andere Leute sein, das gibt's doch nicht."

„Weißt du, wie viele tausend Seen Schweden hat, hier hat jeder seinen eigenen, wenn er will."

„Ich glaube, ich sollte mich einmal waschen."

Während des Sprechens, war sie in die Hocke gegangen und hatte eine Hand in das Wasser gehalten.

„Das ist mir, glaube ich aber noch zu kalt."

„Ich könnte dir drinnen etwas Wasser erhitzen, der See hat erst sechzehn oder siebzehn Grad. Bei diesem Sonnenschein und den Temperaturen, die wir im

Moment haben, dauert es gar nicht mehr lange, dann kann man schwimmen gehen. Für die Jahreszeit ist es übrigens schon sehr warm, wie gesagt, wir hatten bisher einen Traumsommer."

„Ja bestimmt", meinte sie unsicher, „warmes Wasser wäre toll."

Er hatte ihr auf dem Gasherd einen großen Topf mit Wasser erhitzt, einen Eimer mit Wasser aus dem See dazugestellt und eine große Plastikschüssel, in der sie die richtige Temperatur zusammenmischen konnte. Dann war er wieder zum See gegangen, um weiter sein Angelglück zu versuchen, vorher hatte er ihr allerdings noch eine Kiste unter dem Bett gezeigt, in der alle möglichen Klamotten verstaut waren. Sie hatte die Türe sorgfältig verriegelt und konnte seine Aktivitäten durchs Fenster beobachten.

Sie mischte heißes und kaltes Wasser miteinander, bis die Temperatur stimmte und zog sich dann aus. Eine warme Dusche wäre ihr natürlich lieber gewesen, die hätte sie möglicherweise bekommen, wenn sie sich zur Polizei oder ins Krankenhaus hätte fahren lassen. Aber das wollte sie nicht. Warum konnte sie sich selbst nicht beantworten.

Einar hatte ihr ein Stück Seife und einen Waschlappen dazu gelegt, sie fuhr mit der Hand in den Waschlappen und roch daran, er roch frisch gewaschen, mit einem ihr unbekannten Duft. Auch die Seife hatte einen unbekannten Duft, nicht unangenehm. Sie schäumte gründlich ein und besah sich erst einmal ihren Körper, bevor sie mit dem Seifenschaum darüber fuhr. Überall fand sie blaue Flecke, die allerdings inzwischen schon jede andere Färbung außer Blau hatten. Die meisten waren gelblich, grünlich, einige waren auch dunkelviolett, besonders an ihren Oberarmen, sah sie schlimm aus. Selbst Bauch und Busen waren nicht verschont worden.

Wer war das bloß und was um Himmels willen, ist mit mir gemacht worden?

Am meisten geschockt hatte sie allerdings die Tatsache, dass ihr noch nicht einmal ihr Name einfallen wollte. Beim Waschen versuchte sie allerlei Mädchennamen, die ihr in den Sinn kamen, es waren nicht viele und keiner schien ihr etwas zu sagen. Hoffentlich hatte Einar recht damit, dass ihr Gedächtnis wieder zurückkommen würde.

Ein Kontrollblick zum See sagte ihr, dass Einar so bald nicht kommen würde, mit Schwung hatte er soeben erneut seine Angel ausgeworfen. So schaute sie sich ein wenig in der Hütte um. Die war etwa fünf Meter lang und drei Meter breit. Die Eingangstüre war ziemlich in der Mitte einer langen Seite, rechts und links daneben jeweils ein Fenster. Wenn man zur Tür hereinkam, war auf der linken Seite der Schlaf- und Wohnraum und rechts, in dem Teil, in dem sie sich gerade befand, die Küche. Hier befand sich der Gasherd und noch ein Holzofen, eine Spüle, allerdings ohne einen Wasserhahn und einige Schränke.

Der Schlafraum war genial, die Betten, ja es gab zwei davon, waren verwandelbar in einfache Holzbänke. Man brauchte bloß die Schaumstoffpolster herunternehmen, dann hatte man zwei Bretter vor sich. Das vordere Teil etwas anheben und zwei Stützen umlegen, dadurch ließ sich die Bettverbreiterung abklappen, man hatte eine Sitzbank. Das hintere Brett ließ sich ebenfalls hochheben und gab dann zwei große Bettkästen frei, in denen sie sich jetzt nach ihrer erledigten Ganzkörperwäsche etwas zum Anziehen heraussuchen wollte.

Sie fand nur Herrenwäsche, die jedoch samt und sonders etwas muffig roch. Jetzt fühlte sie sich endlich wieder sauber und sollte so etwas anziehen.

Als sie jedoch die Nase in ihren eigenen Klamottenberg steckte, suchte sie sich aus der Kiste ein T-Shirt in grau, eine Shorts in dunkelblau und ein paar Boxershorts heraus. In dem anderen Bettkasten fand sie ein paar Badelatschen, die ihr nur ein wenig zu groß waren. Sie fühlte sich merkwürdig in der fremden Kleidung, langsam entriegelte sie die Türe und trat ins Freie, dabei sah sie gerade noch, wie Einar einen zappelnden, Fisch aus dem Wasser herauszog.

Zügig ging sie jetzt zum Steg und beugte sich neugierig über den glänzenden Fisch.

„Was ist das für einer?"

Einar blickte zu ihr auf um zu antworten: „Das ist eine Forelle, schön nicht?"

„Sehr schön und die sollen wir nachher essen?"

„Wenn wir nicht verhungern wollen, schon. Ich werde versuchen noch eine herauszuholen und in der Zwischenzeit quatschen wir etwas miteinander, okay?"

Ohne zu antworten, ließ sie sich am Ende vom Steg auf ihr Hinterteil runter und ihre Füße baumelten über dem Wasser.

„Was hältst du davon, wenn ich dich erst einmal Anna nenne, so lange, bis dir dein richtiger Name wieder einfällt?"

Sie zuckte mit den Achseln: „Ist schon echt hart, dass ich nicht einmal mehr meinen eigenen Namen weiß, habe mir eben die, die mir eingefallen sind, durch den Kopf gehen lassen, aber keiner davon sagt mir was."

„Und du hast gar keine Idee, keinen Anhaltspunkt? Fallen dir vielleicht irgendwelche Hobbys oder Vorlieben dir ein, oder auch Abneigungen."

Sie überlegte kurz: „Ja, gegen Spinnen. Aber sonst totale Fehlanzeige."

„Mit den Spinnen wirst du zurechtkommen müssen, solange du hier bist. Aber ich möchte gerne mit dir zusammen weiter überlegen. Wenn du an deine Mutter denkst, kommt dir da etwas wieder, einen Namen, eine Farbe, eine Begebenheit?"

„Ja, unterwegs habe ich schon öfter an sie gedacht, all das Wasser, das ich aus dem Bach getrunken habe und fremde Sachen, die ich einfach so gegessen habe, weil ich einen solchen Hunger hatte. Das hätte Zuhause einen Riesenaufstand gegeben."

„Klar, aber hier ging es schließlich ums Überleben, was ist mit ihrem Namen?"

„Fehlanzeige."

„Und Farbe."

„Grau."

„Und deine Lieblingsfarbe?"

„Gelb bis Orange."

Sie sagte es so spontan, aber sie wusste instinktiv, dass es stimmte.

„Interessant! Hast du einen Freund?"

Sie schüttelte langsam den Kopf: „Glaube nicht."

„Wie alt bist du?"

„Fünfzehn oder sechzehn, nein ich glaube, ich bin erst fünfzehn."

„Wieso weißt du jetzt ausgerechnet das so genau?"

„Ich weiß es doch gar nicht sicher, aber ich wollte unbedingt einen Roller haben und meine Mutter war total dagegen, noch nicht einmal den Führerschein dafür durfte ich machen, das Geld für die Maschine hätte ich mir schon zusammengespart."

Er pfiff leise durch die Zähne: „Da haben wir doch mal was, deswegen scheint es aber bei euch schwer zur Sache gegangen sein. Was hat dein Vater dazu gesagt?"

Kopfschütteln.

„Welche Farbe assoziierst du zu deinem Vater?"

„Keine - nein, keinen Plan."

„Na, sehen wir mal weiter, ich gehe davon aus, dass du noch zur Schule gehst." Er warf einen fragenden

Seitenblick zu ihr hinüber und als sie zögernd nickte, sprach er weiter: „Was ist mit der Schule, Freundinnen, Lehrer?"

Er sah zu ihr hinüber, sah ihre Fragezeichen im Gesicht und fragte gezielt: „Beste Freundin?"

„Ja schon, aber ich bekomme sie nicht auf die Reihe."

„Dann halt Lehrer, Lieblingslehrer?"

„Ja, da ist wer, aber ich komme auch da nicht ran. Alles ist wie im grauer Watte eingepackt."

Einar ließ sich nicht beirren: „Männlich, weiblich?"

„Männlich."

„Farbe?"

„Schwarz!"

Jetzt piff er laut durch die Zähne. „Wir bekommen das schon hin, du wirst sehen, das dauert gar nicht lange und dann erzählst du mir deine Geschichte."

„Jetzt fällt es mir wieder ein, die ganze Zeit wollte ich schon etwas fragen."

Sie rutschte hibbelig auf ihrem Hinterteil hin und her. „Du hast doch gesagt, wir sind hier in Schweden?"

„Ja, das habe ich und das sind wir auch, warum?"

„Warum sprichst du dann so perfekt Deutsch?"

„Ganz einfach, weil ich es gelernt habe, meine Mutter war Deutsche, sie hat es mir von Kind an beigebracht und ich habe es mir zu nutzen gemacht und ausgebaut und unterrichte nun hier in Schweden Deutsch."

„Tatsächlich?"

„Ja, am Goethe-Institut in Stockholm, einer Sprachschule für Erwachsene, wenn du es genau wissen willst. Ich komme auch öfter nach Deutschland zu Seminaren und anderem. Sprache verändert sich laufend und da muss ich mithalten können."

„Aha", sie nickte, wirkte aber nicht überzeugt.

Schweigen legte sich über den See, Einar hatte seine Angel erneut eingeholt und sie starrte auf die Muster, die sich im Wasser durch die Schnur gebildet hatten. Er prüfte Köder und Vorfach und mit kräftigem Schwung warf er die Angel aus, ein leichter Platsch und die Wasserkugel zeigte die neue Position an.

„Sag mal", fing sie das Gespräch wieder an, „wie kann ich hier eigentlich meine Klamotten waschen?"

„So ähnlich, wie du auch dich gewaschen hast."

„Das ist aber umständlich."

Er zuckte mit den Schultern und hielt seinen Blick auf den See gerichtet.

Sie ließ ihren Oberkörper nach hinten auf den Steg sinken und blickte in die sachte dahin ziehenden Schäfchenwölkchen. In Gedanken ging sie die Gespräche mit Einar noch einmal durch, die Geschichte mit den Farbzuordnungen faszinierte sie. Sie versuchte Vater und Mutter als Bild oder Farbe zu fixieren, aber da war nichts greifbares. Sie schloss die Augen und konzentrierte sich auf ihre Erinnerungen, die endlich wieder kommen sollten. Sie stellte sich ihr Zimmer vor und sah orange, eine schöne warme Farbe, bis ein schwarzer immer größer werdender Punkt das orange langsam überschattete, ihr schauderte. Schnell lenkte sie ihre Gedanken auf andere Themen: Schule, Freundinnen ….

Plötzlich wurde sie am Oberarm geschüttelt.

„Wach auf und komm aus der Sonne heraus, du fängst schon an rot zu werden. du holst dir sonst einen schönen Sonnenbrand. Außerdem ist das Essen fertig."

Verdutzt richtete sie sich auf und sah sich um.

„Ich habe doch gar nicht geschlafen."

Sie reckte und bewegte sich, aber ihre steifen, schmerzenden Knochen erzählten ihr etwas anderes.

„Doch, du hast geschlafen, bestimmt eine ganze Stunde lang und jetzt komm etwas essen."

Inzwischen war Anna schon mehr als zwei Wochen lang zusammen mit Einar am Nedre Lill-Stensjön, ihr Teint

27

war von der Sonne wie mit Bronze überhaucht worden und die Haare nahmen, zumindest in den Spitzen ein Strohblond an. Sie hatte gelernt ihre Wäsche zu waschen und sich an den Namen Anna zu gewöhnen. Während der gesamten Zeit hatte es nicht ein einziges Mal geregnet, immer noch schien die Sonne fast rund um die Uhr und so hatte die Temperatur des Sees angenehme Werte erreicht. Anna war auf dem Weg sich zur Wasserratte zu entwickeln, nach anfänglichen Schwierigkeiten, die auf mangelnde Kraft in den Oberarmen zurückzuführen waren, war sie schon recht ausdauernd geworden. Die kleinen Inseln zu erreichen, die im See verstreut lagen, machten ihr längst keine Schwierigkeiten mehr. Sie lief auch gerne um den See herum, aber das war etwas schwieriger, denn über den Zu- und Abfluss gab es keine Brücke, so dass sie genau genommen immer nur um den halben See herumlief. Zudem hatte sie keinen Mut sich weiter weg zu entfernen, die glitzernde Wasserfläche wollte sie auf keinen Fall aus den Augen verlieren.

Einar hatte sie am Morgen im Profil betrachtet und meinte: „ Der Sport und der viele Fisch hier, bekommen dir ganz gut, langsam nimmt deine Figur Formen an, bis zum Ende des Sommers wirst du richtig gut aussehen."

Anna war gerade am Spülen gewesen und hatte voller Wut ein Holzbrettchen nach ihm geworfen und entrüstet geantwortet: „Ich bin nicht fett."

„Nein, fett bist du jetzt nicht mehr, aber vom Idealgewicht wohl doch noch einiges entfernt, da quillt doch immer noch genügend über den Hosenbund heraus."

„Die Hose sitzt hüftig, das gehört so!"

Wütend schmiss sie jetzt alles ins Spülwasser und stürmte ins Freie, zuerst Richtung Wald, doch nach einigen hundert Meter besann sie sich und lief zurück zum See und schmiss sich bäuchlings auf den Holzsteg, die Finger glitten durchs Wasser. Die sanfte Bewegung wirkte beruhigend. Bald hörte sie Einar durch das Gras näherkommen und schon dröhnte der Holzsteg unter seinen Schuhen.

„So wie du angedonnert kommst, kann es nicht lange dauern, bis dieser Steg unter dir zusammenbricht", platzte es aus ihr heraus.

„Getroffener Hund bellt", meinte Einar nur lakonisch.

Sie drehte sich zu ihm um und sah ihn kopfschüttelnd an.

„Wie meinst du das?"

„Ich habe doch wohl recht gehabt, du bist zu dick gewesen und da gesunde Ernährung ohne Süßigkeiten und viel Bewegung, bei dir so schnell und so deutliche Besserung zeigt, meine ich, dass du dich vorher schlecht ernährt und wenig bewegt hast. Das bist ja nicht nur du alleine, die meisten Jugendlichen verbringen heute viel zu viel Zeit vor dem Bildschirm, ob das der PC, oder der Fernseher ist, spielt keine Rolle. Wann warst du das letzte Mal schwimmen oder wandern gewesen, bevor man dich hier ausgesetzt hat? Das war sicher schon eine ganze Weile her."

Einar hatte während seiner Rede wieder seine Angel fertig gemacht und kramte jetzt nach einem Köder, er schien keine Antwort zu erwarten und so stand Anna auf und ging zurück zur Hütte.

Hier wurde sie nun ernsthaft wütend, es sah aus wie im Schlachtfeld. Im mittlerweile kalten Spülwasser schwammen immer noch ein Holzbrettchen, ein Trinkbecher und mehrere Messer. Er hatte nichts getan, nicht geholfen, nur irgendetwas unter ihrem Bett herausgegraben, dabei hatte er außerdem das komplettes Bettzeug auf dem Boden verteilt.

Sie ließ einen Fluch heraus, denn die Tage mit Einar hatten sie gelehrt, dass er keinen Finger krumm machen würde. Er würde seinen Becher aus dem kalten Spülwasser rausfischen, kurz mit kaltem Wasser ausschwenken und voller Genuss daraus trinken. Es würde ihm nicht das geringste ausmachen, wenn sie nichts im ‚Haushalt' sauber halten würde. Er könnte tagelang den selben Becher benutzen, wenn sie allerdings nur ihr Geschirr waschen würde, würde er selbstverständlich die saubere Tasse nehmen.

So hatte sie sich die Spülerei angewöhnt, denn sie hasste es aus einem Gefäß zu essen oder trinken, in dem schon irgendwelche Insekten drin ertrunken waren. Natürlich hatte sie ihn schon daraufhin angesprochen, aber er hatte nur gemeint, dass er sie liebend gerne zur nächsten Polizeistation bringen würde, schließlich sei sie nicht von ihm eingeladen worden, sie könne gerne gehen.

Abends merkte sie dann aber doch, dass er sich gerne noch etwas mit ihr unterhielt, von seinen Schülern und seiner deutschen Mutter erzählte, von Stockholm, vom Jämtlands Län mit seinen Flüssen, Seen und Pflanzen: die Cloudbeeries oder Moltebeere, deren Reife er herbeisehnte.

Er zeigte ihr Pflanzen, wie den Feldthymian, dessen nördliche Verbreitungsgrenze hier fast erreicht war, zeigte ihr den Wachtelweizen, aus dessen Samenkörner die Menschen früher Mehl gewonnen hatten. Er zeigte ihr das Moosglöckchen, das eigentlich noch viel weiter hoch im Norden wuchs, die Heidelbeere, die schon kleine grüne Beeren angesetzt hatten und vieles andere. Er hatte auch die grauweiße Pflanze identifiziert, die sie auf ihrer einsamen Wanderung angeknabbert hatte: Isländisches Moos - schleimlösend, daher auch sehr gut bei Erkältungen, hatte er direkt hinzugefügt.

Natürlich hatte sie schon oft genug überlegt, sich zur Polizei fahren zu lassen, damit sie wieder nach Deutschland und zu ihrer Familie zurückkehren konnte. Wenn sie nur wüsste, was sie dort erwartete, noch immer war ihre Erinnerung in graue Wattebäusche eingepackt.

Sie hatte sehr schlechte Erfahrungen gemacht, soviel stand fest, was, wenn ihre eigene Familie der Auslöser dazu war und sie nichtsahnend wieder in die Höhle des Löwen lief. Oftmals wurde sie nachts von Alpträumen geplagt, Einar hatte sie schon aus dem Schlaf geschüttelt, in der Hoffnung, sie würde sich endlich erinnern. Doch sobald sie das unfassbare in Worte fassen wollte, fehlten sie ihr oder entglitten ihr, hüllten sich wieder in graue Watte. Sie hatte das Gefühl etwas schweres, schwarzes würde auf ihrem Brustkorb liegen und sie langsam erdrücken, sie konnte sich nicht bewegen und der Druck wurde immer stärker, auch das war nur ein Traum gewesen, aus dem Einar sie rettete, weil ihr schweres Atmen ihn geweckt hatte.

Über ihren Grübeleien hatte sie den Abwasch erledigt und auch das gröbste aufgeräumt, als Einar mit einem stattlichen Hecht hereinkam und meinte: „Damit ist unser Mittagessen gesichert, aber hör mal, ich habe seit Tagen eine Idee im Kopf. Ich würde gerne mit dir an die Stelle fahren, wo ich meine, dass du ausgesetzt worden bist. Nach Schilderung von dir und meiner Ortskenntnis, glaube ich zu wissen, wo das sein könnte. Vielleicht finden sich ja noch irgendwelche Spuren, denn noch hat es nicht geregnet, aber das Wetter scheint sich zu ändern und darum wird es Zeit, was zu unternehmen.“ Anna nickte zögernd, fühlte sich allerdings überrumpelt, da Einar schon mit dem Autoschlüssel in der Hand aus der Hütte herausging, sie musste sich beeilen und rief ihm noch hinterher.

„Willst du nicht abschließen?“

„Für wen denn“, fragte er nur und ging mit großen Schritten den Hang hinauf zu einer versteckten Holzhütte in der sein Volvo stand. Auch der natürlich nicht abgeschlossen, so dass im Nu der Motor gestartet und rückwärts aus dem Verschlag herausgefahren werden konnte. Anna kam gerade recht, um die Beifahrertüre zu öffnen und sich auf den Sitz zu werfen.

„Was hast du plötzlich für eine Eile, das ist doch gar nicht deine Art!"

„Mag sein, aber mir geht die Idee schon eine ganze Weile durch den Kopf und manchmal muss man einfach auch einmal handeln."

Er steuerte das Auto langsam den kurvigen Feldweg entlang des Sees, der Weg war uneben, so dass er sich aufs Fahren konzentrieren musste, als er plötzlich durch Würgegeräusche neben sich, abgelenkt wurde, sofort trat er auf die Bremse.

„Was ist los, was hast du?"

„Lass mich raus, ich krieg keine Luft", konnte Anna nur japsen und warf sich auch schon aus dem Wagen, ging auf die Knie und würgte weiter.

Einar hockte sich neben sie und strich ihr beruhigend über den Rücken.

„Versuch ganz normal zu atmen, du bist ja völlig panisch, ganz ruhig – einatmen, ausatmen, einatmen, ausatmen …", er bemühte sich um einen ganz ruhigen Ton, wie bei einem kleinen Kind, dabei kreiste seine Hand weiterhin über ihren Rücken.

Anna würgte noch eine Weile weiter, aber es kam nichts heraus und sie fing an sich zu beruhigen.

„Was war los?" wollte Einar wissen.

„Sobald ich im Auto saß, hatte ich plötzlich ein fürchterliches Gefühl, so ähnlich wie bei meinem Alptraum letztens. Als säße jemand auf meinem Brustkorb und drückte mir die Luft ab, ich hatte das Gefühl, mir würde schwarz vor Augen und ich bekäme keine Luft mehr, es war furchtbar."

Einar half ihr sich aufzurichten und sie klammerte sich Halt suchend an ihn. Er hielt sie fest und klopfte ihr abwesend immer noch auf den Rücken.

„Ich hoffe ja nicht, dass ich es war, der deine Panik ausgelöst hat."

„Warum sollte ich denn vor dir Angst haben, du bist doch schwul."

Sie hatte die Worte ohne zu überlegen herausgeschossen und sah ihm jetzt doch etwas ängstlich in die Augen, um die Reaktion abschätzen zu können.

„Woher weißt du das?"

„Ganz einfach, einmal, weil du irgendwie anders bist und außerdem, weil in all deinen Kisten nur Männerklamotten sind, nicht ein Teil ist von einer Frau, nichts!"

Er nickte mit dem Kopf.

„Es stimmt, die Hütte ist noch nie von einer Frau betreten worden, außer von dir, aber wie sieht es jetzt mit dem Weiterfahren aus, können wir? Lass doch einfach dein Fenster ganz herunter, vielleicht geht es dann, ich muss sowieso langsam fahren."

Sie setzte sich folgsam auf den Beifahrersitz, kurbelte ihr Fenster runter, drückte ihren Kopf feste in die Nackenstütze und atmete tief ein.

„Fahr langsam weiter, ich hoffe es geht jetzt."

Er fuhr weiter und hatte trotz des holprigen Weges, ein Auge auf Anna, die sich aber offenbar beruhigte, obwohl sie eine recht starre Haltung hatte und scheinbar kaum zu atmen wagte.

„Was immer dir schlimmes angetan wurde, es hat auch mit Autofahren zu tun."

Anna nickte und hielt sich krampfhaft fest, aber auch um die Bodenwellen auszugleichen, das Auto hüpfte bedenklich.

„Keine Angst, das kann der Wagen ab, aber es kommt noch schlimmer, ich hoffe, dass wir bis dahin kommen, wohin ich gerne möchte. Wäre es in den letzten beiden Wochen nicht trocken gewesen, so wäre die Tour undenkbar mit diesem Wagen."

„Danke für die so sehr aufbauenden Worte. Erzähle mir lieber, wie der See dort links neben uns heißt."

„Oh, ja das ist schon der Lill-Stensjön, weiter oben liegt noch der Stor-Stensjön, da kommen wir nicht mit dem Auto vorbei, aber wir werden ihn sicherlich vom Berg aus sehen. Der Fluss, der durch die Seen hier fließt heißt passender weise Stensjöån."

„Du kennst dich ja wirklich gut hier aus."

„Kein Wunder, ich komme seit fast dreißig Jahren jeden Sommer hierher."

Der Pfad machte plötzlich einen Schlenker vom See weg und hielt auf einen Wald zu, kurz vorher bog Einar erneut ab, um auf dem offenen Grasgelände zu bleiben. Der Pfad war eigentlich nur ein Wildwechsel und viel zu schmal für das Fahrzeug, so dass viele Haken um Büsche, Gestrüpp und Steine geschlagen werden mussten. Trotzdem kamen sie langsam weiter und gewannen auch an Höhe. Anna wagte einen Blick aus Einars Fahrerseite und konnte auf der linken Seite einen neuen See erblicken, der wesentlich größer war, als die beiden, an denen sie bisher vorbei gekommen waren.

„Ist das links dort der See, den du meintest?"

„Das ist der Stor-Stensjön, ja genau."

„Der sieht aber toll aus, warum hast du deine Hütte nicht dorthin gebaut?"

„Die Optik täuscht, natürlich ist der See wesentlich größer und schön ist es hier auch, wie aber eigentlich überall. Aber da dieser See ein ganzes Stück höher liegt, ist es hier auch ein ganzes Eckchen kälter."

Der Wagen hatte immer mehr mit den Bodenbeschaffenheiten zu kämpfen, die Steine wurden immer größer, aus den Büschen wurden kleine Bäume, die nicht mehr umfahren werden konnten. Schließlich ging nichts mehr, Einar stellte den Motor ab, zog den Zündschlüssel raus und meinte: „Jetzt müssen wir zu Fuß weiter gehen. Ich hoffe nur, dass dieses der richtige Berg ist."

„Der, von dem ich dir erzählte, auf den ich rauf kraxelte, um mir die Gegend anzusehen?"

„Genau der."

„Ich glaube, der sah anders aus."

Einar warf ihr von der Seite einen recht unfreundlichen Blick zu und stapfte verbissen bergauf. Anna bemühte sich zu folgen und hätte sich gerne über das Tempo beschwert, doch sie blieb still, weil sie einfach keinen Atem zum Reden hatte. Innerlich fluchte sie über sich. Sie hatte keine Lust nochmals auf diesen dämlichen Berg zu klettern, ab und zu einfach die Klappe halten, hätte ich Einar nichts erzählt, wäre er nie auf die Idee gekommen mich hierher zu zerren. Wir würden gemütlich am See sitzen und angeln oder schwimmen, ich würde jetzt sogar lieber spülen oder die Bude saubermachen.

Der Abstand zwischen ihr und Einar wurde größer, genau so, wie ihre Wut sich langsam steigerte. Wieder wollte das kurze, zähe Gestrüpp ihre Füße samt Schuhen festhalten, die Sonne schien und sie war am Schwitzen.

„Ich gehe keinen Schritt weiter! Ich kann nicht mehr!"

„Komm schon, wir haben es doch gleich geschafft."

„Und wenn es doch der falsche Berg ist?"

„Das sehen wir dann schon, aber die anderen ringsum sind noch höher, ich glaube nicht, dass du in deinem Zustand, auf einen von denen raufgekommen wärst. Jetzt tu mir den Gefallen und komm weiter."

„Was willst du denn da oben?"

„Das sage ich dir dann schon."

„Falsche Antwort", brummelte sie vor sich hin, raffte sich aber auf und setzte sich wieder in Bewegung.

Einar änderte seine Taktik, statt weiter in die Höhe zu steigen, was wirklich recht anstrengend war, blieb er auf gleicher Höhe und ging um den Gipfel herum. Ein ausgeprägtes Flusstal schob sich in ihre Blickrichtung, Einar nickte zufrieden.

„Ich glaube wir sind hoch genug, wir müssen nur noch etwas um den Berg herumgehen, um mehr vom Oberlauf des Grubbdalsån sehen zu können."

„Grubbdalwas?" fragte Anna irritiert, sie hatte Einars Blicke nicht verfolgt und wusste beim besten Willen nicht wovon er redete.

„Das da unten im Tal ist der Fluss, an dem ich dich gefunden habe."

„Das war doch nur ein kleiner Bach!"

„Jeder Fluss fängt auch mal klein an und dieser hier hat recht viele Zuflüsse, so dass er schnell groß wird, all das Wasser von diesen Bergen sammelt sich in ihm. Wenn wir noch etwas weiter gehen, sehen wir ihn auch als kleinen Bach."

Einar ging zügig weiter und ihr blieb nichts anderes übrig, als zu folgen, schweigend gingen sie eine weitere Viertel Stunde.

Plötzlich schnellte Annas Zeigefinger nach vorne: „Das da ist der Stein auf dem ich eingeschlafen bin!"

„Sicher?"

„Ja, bestimmt, schau doch, so groß und so flach."

Sie spurtete die letzten Meter und kletterte auf den Findling um oben eine Art Kriegstanz aufzuführen.

„Weißt du, was dein Fehler ist?"

„Nein", Anna hörte auf herumzuhüpfen und sah ihm fragend an.

„Du gibst zu schnell auf und traust dir viel zuwenig zu. Vor über einer Stunde warst du schon am jammern, ich kann nicht mehr und wolltest nicht mehr weiter gehen. Jetzt bist du plötzlich wieder fit wie ein Turnschuh. Wenn du das schon immer so gemacht hast, bist du aber noch nicht weit gekommen."

Annas Kinnlade klappte nach unten, dieser Mensch schaffte es doch immer wieder sie sprachlos wütend zu machen, ihr fiel keine passende Antwort ein, in ihrem Kopf war nur noch Wut. Aber Einar erwartete auch keine Antwort, er hatte ihr den Rücken zugedreht und schaute sich die Berge an.

„Schau dort drüben, das ist der Juthattan, der ist schon in Norwegen und ist gut tausend Meter hoch und dort links, genauer gesagt im Westen, da siehst du den Belne, der ist noch etwas höher. Energisches Fingerzeigen brachte sie dazu, doch wieder in die von ihm gewünschte Richtung zu blicken. Sie stand noch immer auf dem Felsen und hatte eine gute Rundumsicht auch über Einars Kopf hinweg und genau in diese Richtung zeigte sie jetzt.

„Und da unten ist das Wäldchen in dem ich aufgewacht bin."

„Wo?" jetzt war Einars Stimme ganz interessiert. „Der Wald vor, oder hinter dem Fluss."

„Der hinter dem Fluss, der etwas heller ist als der übrige Wald."

„Da möchte ich gerne hin, ich glaube aber, wir versuchen wieder mit dem Auto so nah wie möglich heranzufahren."

Es dauerte wieder eine Stunde bis sie an dem zurückgelassenen Volvo standen und langsam die Buckelpiste zurückfuhren über die sie gekommen waren. Einar fuhr bis zur Hütte zurück und sogar noch weiter, bis sie an die Einmündung des Stensjöän in den Grubbdalsån kamen, da gab es sogar eine einfache schmale Brücke, über die sie fahren konnten, dahinter bog Einar allerdings wieder nach links ab, um sich nun quer durch den Wald zu schlagen. Der Wagen holperte entsetzlich und Anna musste sich mit beiden Händen am

Sitz festhalten, aber irgendwie schaffte es Einar, bis zu dem etwas helleren Wäldchen zu kommen.

„Der Wald ist heller, weil es tatsächlich eine Schonung mit vielen jungen und kleineren Fichten ist, schau, die Bäumchen sind alle prima ausgetrieben, stärker als die ausgewachsenen Bäume und daher wirkt dieser Wald hier so hell. Kannst du mir die Stelle zeigen, wo du aufgewacht bist?"

Anna war schon unterwegs, mitten in das Dickicht hinein.

„Ich glaube, hier war das. Ja, genau hier, dann bin ich dort ans Wasser und habe mich gewaschen, von da habe ich dann den Berg gesehen und wollte sehen, wo ich eigentlich bin."

„Dieser Mensch, der dich hierher gebracht hat, der war auf jeden Fall übervorsichtig, mitten in der Natur, wo normalerweise kein Mensch ist, zerrt der dich auch noch in die dichteste Schonung, die hier weit und breit zu finden ist. Schlägt dich bewusstlos, wo du wahrscheinlich auch sonst verhungert wärst, höchstwahrscheinlich glaubte er sogar, er habe dich umgebracht. Aber wie um alles in der Welt, ist dieser Mensch hierher gekommen? Es müssten doch noch Spuren zu sehen sein, es hat doch immer noch nicht geregnet und schau mal zurück, wie wir den Boden umgepflügt haben. Ein Blinder mit Krückstock kann sehen, wo wir hergefahren sind. Aber ich möchte mich hier noch ein wenig umsehen, irgendetwas muss einfach zu finden sein!"

Er kroch wie ein Spürhund, die Nase dicht über dem Boden, weiter in das Dickicht hinein. Es dauerte gar nicht allzu lang, da kam er triumphierend zurück und hielt eine Plastiktüte hoch mit mehreren Zigarettenkippen darin. Doch als er Anna sah, ließ er die Tüte achtlos fallen und eilte zu ihr. Sie saß in einer tiefen Hocke, hatte beide Hände an die Ohren gepresst und schien lautlos zu schreien.

„Hey", rüttelte er an ihr herum, „was ist los?"

„Ich höre Schreie in meinem Kopf, laute Schreie … Nein, nein!"

Er strich ihr beruhigend über den Rücken.

„Es ist alles gut, dir passiert jetzt nichts mehr, das ist vorbei."

Und als sie immer noch nicht aufhörte, meinte er: „Du kannst dich erinnern! Versuche zu schildern, was du siehst und hörst und vor allem, wer schreit?"

„Ich schreie, ich höre meine eigenen Schreie, ich liege wehrlos auf dem Boden halte die Hände über den Kopf. Nein, neiiin, nicht schlagen. Er hat eine Eisenstange in der Hand und schlägt zu und wieder und dann wird alles schwarz."

Schluchzend fällt sie jetzt ganz in sich zusammen und weint jämmerlich. Einar streicht ihr immer wieder über den Rücken und versucht sie zu trösten.

„Weine ruhig, das tut gut. Kannst du dich an noch mehr erinnern."

Anna nickte mit dem Kopf und wollte unter Tränen erzählen, aber Einar wehrte ab.

„Ich kann gar nichts verstehen, weine dich erst einmal aus und dann erzählst du in aller Ruhe. Komm, wir fahren besser zur Hütte zurück, ich habe etwas gefunden, ob es brauchbar ist wird sich vielleicht noch herausstellen. Wenn du sagst, dass du mit einer Eisenstange geschlagen wurdest, dann brauche ich erst gar nicht weiter zu suchen, denn ich hatte nach einem Holzknüppel Ausschau gehalten. Die Eisenstange hat er sicher nicht hier herum liegen lassen, so vorsichtig, wie dieser Mensch war. Ich habe lediglich einige Zigarettenkippen gefunden, wie gesagt, ich weiß nicht, ob das uns weiterhelfen wird. Doch die Hauptsache ist doch, dass du dich wieder erinnern kannst, da hat sich die ganze Mühe schließlich doch gelohnt."

Anna schüttelte heftig mit dem Kopf und sagte schniefend unter Tränen:

„Auf diese Erinnerung hätte ich dankend verzichten können."

„So ein Quatsch, irgendwann wäre sie schon von ganz alleine zurückgekommen, irgendein Schlüsselerlebnis, wer weiß wie du dann reagiert hättest. Hier kannst du dich ausweinen und später aussprechen."

Er dirigierte sie zum Auto zurück, hob unterwegs sein Plastiktütchen mit den Zigarettenkippen auf und begab sich wieder hinters Steuer, um den mühsamen Weg zurückzuschaukeln.

Unterwegs schon ließen Annas Tränenströme nach, um einer abgrundtiefen Wut Platz zu machen. Sie schlug mit der Faust aufs Armaturenbrett und schrie:

„Pah, was war das für ein ekliges, widerliches Schwein!"

Zurück in der Hütte hatte Einar erst einmal den Hecht versorgt und leckerer Fischgeruch verbreitete sich.

Er hatte inzwischen erfahren, dass sein Schützling Josefine kurz Jojo genannt wurde. Ihren Peiniger hatte sie übers Internet kennen gelernt.

„Wir haben so toll miteinander gechattet, fast jeden Tag, oft bis mitten in die Nacht. Das war immer das erste, wenn ich von der Schule nach Hause kam: Computer anschmeißen und Mails checken. Er war nicht wie die anderen Jungs, die konnten sich nie gut ausdrücken, seine Briefe waren toll, die hatten was, die machten mich richtig an. Es war, als ob er mich genau kennen würde."

„Das sollten sie wohl auch", meinte Einar lakonisch , „wie ging es dann weiter, ihr habt euch übers Netz geschrieben. Wer kam auf die Idee sich zu treffen?"

„Benno natürlich, aber ich geb´s ja zu, ich war genauso scharf drauf, er hatte mir so ein tolles Foto von sich geschickt, darauf sah er richtig geil aus. In Wirklichkeit war er viel älter und fies, seine Haare fingen schon an auszufallen."

„Aber das hat er natürlich nicht geschrieben, der war von Anfang an drauf, dich zu kriegen. Warum bist du nicht weggelaufen, als du gesehen hast, dass du reingelegt worden bist?"

„Meine erste Reaktion war Wut, ich war echt zornig, er war wesentlich älter, als er sich ausgegeben hatte, aber dann dachte ich daran, dass ich schließlich auch mit meinem Alter gelogen hatte. Er hatte immer geglaubt, ich sei schon achtzehn, das schien ihm sehr wichtig zu sein."

„Du bist erst fünfzehn, stimmt´s?"

„Im September werde ich sechzehn, irgendwie war ich schon immer zu früh dran. Das begann schon mit der Einschulung, ich bin noch mit fünf eingeschult worden und war immer die jüngste in der Klasse. Die anderen fingen schon mit vierzehn von ihren Freunden an zu schwärmen und ich war gerade erst dreizehn, eigentlich hatte ich mit dem ganzen Kram noch gar nichts am Hut, aber ich wollte einfach dazu gehören.

Da sich mein Busen schon früh, recht ordentlich entwickelt hat, habe ich immer gerne tiefausgeschnitten getragen, meine Mutter war zwar immer am Meckern, aber das hat mich nicht gestört. Vor Benno hatte ich schon andere Freunde, aber das war alles nichts richtiges. Bennos Mails hörten sich immer so toll an, dass ich dachte, den will ich haben! Im Internet habe ich dann ein paar rattenscharfe Fotos von mir gezeigt, auf denen ich auch wesentlich älter aussah."

Während des Erzählens hatte Einar den gegarten Hecht geschickt filetiert.

„Heute gibt es Fisch pur, der sollte locker sein Kilo Fleisch haben, da brauchen wir nichts weiter dazu."

Er brachte den Fisch auf Tellern nach draußen auf den Holztisch, Jojo brachte Gabeln, Gläser und etwas zu trinken, sie hatte sich inzwischen an den vielen Fisch gewöhnt und langte kräftig zu, nur mit einer Gabel bewaffnet, schob sie sich Stück für Stück in den Mund.

„Bei meiner Mutter gab es nur sehr selten Fisch und wenn, dann habe ich so gut wie nie davon gegessen. Hier schmeckt er richtig lecker."

„Kein Wunder, der kommt ja hier direkt aus dem See. Mit deiner Mutter scheinst du dich aber auch nicht sehr gut verstanden zu haben."

„Meine Mutter ist schlimm, mit der kann man sich gar nicht verstehen, mein Vater hat es damals richtig gemacht, der ist einfach abgehauen."

„Und da hast du gedacht, du machst es einfach genauso."

„Ja, nein, das war anders. Ich hatte die Schnauze so voll von allem, von der Schule, von meiner Mutter, von den anderen, einfach von allem. Noch dazu kam, dass wir eine Mathearbeit geschrieben haben, die ich versemmelt habe. Das bedeutet ich bleibe wieder kleben."

Einars fragender Blick zwang sie zu einem Lächeln.

„Ich bin letztes Jahr schon in der Schule hängen geblieben und dieses Jahr bin ich mit Sicherheit wieder nicht versetzt worden, das heißt für mich, dass ich von der Schule fliege, in Deutschland kann man nicht zwei mal hintereinander sitzen bleiben."

„Du bist dir aber nicht sicher?"

„Ich bin mir ziemlich sicher, die Mathearbeit war die absolute Scheiße, die habe ich mit Sicherheit verhauen, in Geschi stehe ich auch schon auf fünf und zum Ausgleichen reicht es auch nicht, also."

„Ja schon, aber du weißt es nicht, weil du einfach vorher weggelaufen bist?"

„Ja klar, was sollte ich denn sonst tun, was denkst du, was meine Mutter für eine Schreierei angefangen hätte, das war im letzten Jahr schon schlimm genug, aber jetzt hätte ich auf die Hauptschule gemusst. Für meine Mutter

ist das unterm Niveau, für die zählt eigentlich nur Abi,
dabei hat sie selbst auch keines.

Ich hab es einfach nicht mehr ausgehalten und konnte
nur noch an Benno denken, der hat ja auch geschrieben,
dass ich jederzeit zu ihm kommen könnte.

In der Schule habe ich erklärt, dass ich solche
Bauchschmerzen hätte und durfte früher nach Hause
fahren. Dort habe ich Benno erst eine Mail geschickt,
damit er mich vom Bahnhof abholen kommt, dann habe
ich meinen Computer geplättet, damit man meine Spur
nicht nach verfolgen konnte.

Zeit für meine Tasche zu packen hatte ich auch noch
genügend, da meine Mutter immer erst spät am
Nachmittag von der Arbeit kommt. Schließlich bin ich mit
dem Zug nach Köln gefahren, ich war vielleicht hibbelig!
Jetzt fängt mein neues Leben an, dachte ich! Und dann
war ich wahnsinnig enttäuscht, keiner da der mich
abholte! Ich bin den Bahnsteig rauf und runter und
schließlich in der Eingangshalle herumgeirrt. Plötzlich
sprach mich ein Gruftie mit meinem Namen an, zuerst
dachte ich, Benno hätte jemanden geschickt, aber er war
es selbst.

Pah – was war ich wütend, aber leider bin ich geblieben,
da hätte ich noch die Chance gehabt. Später ging das
gar nicht mehr, er hat mich ständig unter Drogen
gehalten, KO-Tropfen oder was immer das auch war.
Die Tage in seiner Wohnung sind mir immer noch wie im
Nebel und die Fahrt hierher auch, weiß der Geier, was
der Kerl alles mit mir angestellt hat!"

Das viele Sprechen hatte sie durstig gemacht und so
mixte sie sich ihr neues Lieblings-Getränk: Ein Schuss
Hallon-Blandsaft mit viel frischem Quellwasser. Einar
hatte sie auf diesen Geschmack gebracht, es sei ein
typisch schwedisches Getränk, ein Saftkonzentrat aus
leckeren Himbeeren, Äpfeln, Trauben, Birnen und
Rosinen. Allerdings gab es außer Tee und Wasser

nichts anderes zu trinken, so dass ihr die Auswahl nicht schwer fiel.

„Du bist geblieben, obwohl dir der Kerl unsympathisch war?"

„Nein, unsympathisch war er mir da noch nicht, er sah nur anders aus, als auf dem Foto und war älter, trotzdem war es doch der gleiche, mit den ich monatelang geschrieben hatte."

„Schon, aber er hat dich doch angelogen, mit seinem Alter und sicherlich auch mit anderen Dingen."

„Das habe ich ihm ja auch vorgeworfen, aber er hat mich nur ausgelacht und meinte er würde einen Besen fressen, wenn ich achtzehn sei, also hätte ich genauso gelogen."

Einar schüttelte verständnislos den Kopf.

„Wo hätte ich denn hingehen sollen, klar war ich enttäuscht, aber nach Hause gehen wollte ich auch nicht mehr und als er fragte, ob ich trotzdem mitkommen wolle, bin ich halt mitgegangen. Zuerst war er ja auch ganz nett, beim Mäckes hat er mir was zu essen geholt."

Jojo sah Einars fragenden Blick und meinte erklärend: „Mäckes, na Mac Donalds halt. Aber sobald wir in seiner Wohnung waren, war er wie verwandelt, er hat mich geschlagen, hat mich Schlampe genannt und als ich anfing zu schreien, hat er mir den Mund mit einem Tape verklebt. Später hat er mich mit Händen und Füssen an sein Bett gefesselt, das hatte, sehr praktisch, ein richtiges Eisengestell. Und das hat dieser Kotzbrocken auch nicht zum ersten Mal getan, der hatte eine solche Routine darin …"

Jojo hatte sich in Wut geredet, man hörte den Zorn und die Empörung aus ihrer Stimme heraus.

„Ich weiß nicht, wie oft mich dieses Schwein missbraucht hat, es hat ihn auch nicht gestört, dass ich wegen des Klebestreifens über meinem Mund, nur durch die Nase atmen konnte und zu wenig Luft bekam. Später hat er mir dann etwas widerliches zu trinken gegeben, dazu musste er zwar das Tape entfernen, aber ich war so durstig, dass ich gar nicht schreien konnte und dann hat das Zeug gewirkt, das er mir mit dem Getränk eingeflößt hat. Von da an war ich nur noch wie im Tran, ich weiß nicht wie lange ich in seiner Wohnung war und ich weiß auch nicht, wie ich hierher gekommen bin. Ich kann mich an eine schrecklich lange Autofahrt erinnern, immer hatte ich das Motorenbrummen in den Ohren, dieses monotone Autobahngeräusch. Warum hat er sich nur diese Arbeit gemacht mich hierher zu karren, er hätte mich doch ganz einfach, in meinem Zustand in den Rhein schmeißen können."

Auch Einar konnte nur mit den Achseln zucken.

„Er wollte seiner Sache wohl ganz sicher sein und es so vertuschen, dass nichts auf ihn zurückführen konnte, dabei hat er nur übersehen, dass doch noch ein Funken Leben in dir steckte."

„Wenn du mich nicht gefunden hättest, hätte er sein Ziel doch noch erreicht."

„Das glaube ich nicht, deine Idee dem Bachlauf zu folgen, war schon richtig, früher oder später, wärst du nach Rörvattnet gekommen, dort hätte dir sicher jemand anderes geholfen."

„Sicherlich, wenn ich nicht vorher zusammengebrochen wäre. Gut, dass du mich gefunden hast und kein anderer."

Einar drehte sich dezent zur Seite und mixte sich ein neues Fruchtsaft-Getränk.

An diesem Tag kümmerten sie sich gemeinsam um den Abwasch und schwammen auch zusammen in dem angenehmen Wasser des Sees. An der nächstgelegenen kleinen Insel gingen sie an Land.

„Als ich diesen Flecken Erde fand, wollte ich meine Hütte zuallererst auf dieser Insel errichten, ich wollte unbedingt ungestört sein und sicher stellen, dass mich keiner ohne meine Erlaubnis stört. Heute bin ich froh es nicht getan zu haben, denn sonst hätte ich mir ein Boot anschaffen müssen, zum Rüberkommen. Es wäre auf die Dauer doch sehr umständlich gewesen, aber damals war ich halt noch jung."

Die kleine Insel hatte etwas von einer Bilderbuchlandschaft. Auf ihr wuchsen ein paar Birken, deren Blätter im leichten Wind flüsterten und silbrig glänzten bei ihrem Tanz. Im krassen Gegensatz dazu standen die dunkelgrünen Fichten, die nur an ihren Spitzen hellgrüne neue Triebe zeigten.

Zwischen den Bäumen lagen große Findlinge wahllos verstreut, sie sahen aus wie die Würfel von Riesen, da sie auch allesamt die entsprechende Form hatten. Auf manchen Findlingen wuchs eine große Menge Isländisches Moos, das hier fast weiß war und auf dem Boden wuchsen dicke Polster von weichem dunkelgrünen Moos, unterbrochen nur von Ansammlungen alter Blätter und kleinen Birken.

Die Vögel saßen in den Bäumen, sangen ihre Lieder und störten sich nicht an den beiden Neuankömmlingen, fast hörte es sich wie eine Begrüßungsmelodie an.

Jojo kletterte auf einen der Findlingswürfel und ließ ihre Beine baumeln, Einar hatte diesmal größere Mühe, neben sie zu kommen.

„Dieses Fleckchen hier ist unendlich beruhigend für meine Nerven, es scheint so perfekt und meine Hütte wäre rund geworden und hätte die Form dieser kleinen Insel erhalten sollen."

Jojo sah sich um, von ihrem Stein aus bereitete es keine Mühe, die komplette Insel zu überschauen. Die Form war recht gleichförmig rund und auch gleichmäßig ansteigend, wie eine Kuppe.

„Das hätte dann aber wohl eher ausgesehen, wie ein Mausoleum."

„Vielleicht hätte es auch eines werden sollen."

„Das könntest du mir ruhig etwas genauer erklären."
Jojo sah recht streng aus.
Einar schien abzuwägen, ob und wie und was er
erzählen sollte, er ließ sich Zeit mit dem Anfang, dann
musste er sich erst noch gründlich räuspern.
„Es ist zwar schon sehr, sehr lange her, fast dreißig
Jahre, um genau zu sein, aber es tut immer noch weh
darüber zu sprechen. Du solltest wissen, dass jeder
irgendein Schicksal mit sich herum trägt, du hast deines
jetzt schon sehr früh und unsanft aufgedrückt
bekommen. Aber mir ging es vor dreißig Jahren auch
nicht gut und so wie du es ausdrücktest, hätte ich es
wohl auch am liebsten gemacht: Mich einfach begraben,
um nichts mehr von dieser Welt hören und sehen zu
müssen. Daher habe ich mich hierher, an diesen so sehr
einsamen Platz zurückgezogen."
Es gab wiederum eine Pause und Jojo sah fragend
herüber, wurde aber von Einars Kopfnicken, von einem
Einwand abgehalten.
„Ich war damals hoffnungslos verliebt, ja … in einem
Mann, wir lebten zusammen und hatten jede Menge
Pläne und Ideen, wir waren so glücklich!
Bis zu diesem Verkehrsunfall, der noch nicht einmal ein
richtiger Unfall war. Irgend so ein lebensmüder Idiot hat
sich die Hucke voll gekippt und ist im besoffenen Kopf in
den Wagen meines Freundes reingekracht. Soweit ich
weiß, war das eine Selbstmord-Aktion gewesen, das
Makabere daran ist nur: Der Besoffene hat überlebt und
mein Freund ist im Krankenhaus gestorben. Er hatte
überhaupt keine Chance gehabt, steht vor der roten
Ampel und kann nirgendwohin ausweichen und dieses
Schwein kracht mit Vollgas über die Kreuzung, genau in
die Fahrertüre. Dem Kerl war das alles so scheiß egal,
er sagte hinterher, er hätte sich diese Kreuzung
ausgesucht, weil sich direkt hinter der Straße eine
massive Betonwand befindet. Auf die Idee, dass wegen

der Ampel ein Fahrzeug dort stehen konnte, ist er gar nicht gekommen.

So waren unsere Träume zerplatzt, wie ein Luftballon, in den man eine Nadel sticht."

Jojo suchte nach passenden, tröstenden Worte, fand aber keine und entschied besser einmal nichts zu sagen. Was hätte sie diesem älteren Mann schon zum Trost sagen können? Die Zeit heilt alle Wunden? Anscheinend ja nicht, diese hier schienen schlecht verheilt. Einar putzte sich gerade geräuschvoll die Nase.

„Ich bin danach ziellos durch halb Schweden gefahren und irgendwann hier gelandet. Ob es an der Perfektion dieses Ortes, oder ob es einfach am richtigen Zeitpunkt lag, weiß ich nicht, aber hier habe ich in etwa meine Ruhe gefunden und wenn ich etwas überdenken möchte, komme ich immer noch gerne hierher.

Jetzt sind wir aber nicht wegen meiner Vergangenheit und meiner Probleme hierher gekommen, sondern wegen dir. Wie stellst du dir deine Zukunft vor, was gedenkst du zu unternehmen?"

Jojos Blick ging über den See zur Hütte, zum Steg und der Wiese dazwischen, dem Platz, wo sie sich während der letzten Zeit am meisten aufgehalten hatte. Sie hatte sich hier wohlgefühlt, auch ohne Strom und MP-3-Player, ohne Fernsehen, ohne Computer. Sie hatte sogar wieder Spaß am Lesen gefunden und das war sogar ein Krimi in englischer Schrift gewesen. Einar hatte keine deutsche Lektüre dabei gehabt, er meinte, dass die Schweden auch recht fit in der englischen Sprache seien, da viele Sendungen im Fernsehen nicht übersetzt würden und auch viele Bücher in Englisch gelesen würden. Aus purer Langeweile hatte sie zuerst nur rumgeblättert, sich dann später aber doch in die Lektüre vertieft und bei unbekannten Vokabeln rief sie nach Einar, der es ihr ganz auf Lehrerart erklären konnte.

All das ging ihr in diesem Moment durch den Kopf und sie sagte: „Am liebsten würde ich noch etwas hier bleiben."

„Und weiter spülen, die Hütte sauber halten und Spinnen jagen?"

„Was ist daran so schlimm?"

Über Einars Gesicht legte sich ein breites Grinsen, beim Gedanken an Jojos erste Tage.

„Nein, nichts ist daran schlimm, aber du solltest an deine Mutter denken, welche Sorgen die arme Frau ausstehen muss. Es könnte nach deiner Schilderung gut möglich sein, dass du schon einen ganzen Monat lang von zu Hause weg bist. Überlege dir das bitte, denn du sagtest, du wüstest nicht, wie lange du in Köln festgehalten wurdest. Dann die Autofahrt, das können auch zwei Tage gewesen sein und wie lange du hier im Wald herumgeirrt bist, weißt du auch nicht. Bei mir bist du jetzt schon seit zweieinhalb Wochen. Ich könnte es auch jetzt nicht mehr mit meinem Gewissen vereinbaren, dich noch länger hier zuhalten."

„Hier bin ich freiwillig!"

Sie sagte es sehr leise

„Das weiß ich ja, aber du solltest doch an deine Mutter denken."

„Vielleicht ist die ganz froh, dass sie mich los ist."

„Das glaubst du doch selbst nicht, wenn sie möchte, dass du einen guten Schulabschluss hast, dann doch nur wegen deiner Zukunft. Sie macht sich bestimmt große Sorgen um dich."

„Wenn sie doch nur ein klein wenig anders wäre, immer denkt sie nur an ihre Arbeit."

„Dann überlege einmal warum, wahrscheinlich muss sie mit ihrer Arbeit euren Lebensunterhalt finanzieren, dazu die Miete, ein Auto und was sonst noch so anfällt."

Jojo schaute immer noch recht skeptisch in die Wäsche

„Du hast halt Bockmist gemacht und jetzt musst du auch dazu stehen, du kannst aus deinen Fehlern lernen, dazu sind Fehler schließlich da!"

Als Jojo immer noch keine Antwort gab, fuhr Einar laut seufzend fort.

„Was meinst du, was das damals bei mir Zuhause für einen Streit gab, ich hatte mein .... Outcoming, sagt man heute dazu, relativ früh. Eigentlich hatte ich nie was mit Mädchen am Hut gehabt, aber meine Mutter wartete sehnsüchtig darauf, dass ich ihr meine erste Freundin präsentiere.

Zwar war das Leben Ende der siebziger Jahre schon etwas lockerer geworden, trotzdem ist meine Mutter aus allen Wolken gefallen, als ich mit einem Kerl auftauchte. Aber auch das hat sich irgendwann eingerenkt, nicht dass sie es verstehen konnte, meine Eltern haben immer eine sehr harmonische Ehe geführt, aber sie hat es akzeptiert."

„Und dein Vater, wie hat der reagiert."

„Klar, für den war es auch schlimm, aber ich glaube, er ist besser damit zurecht gekommen."

„Du hast ja recht."

Jojos Stimme war nur ein Flüstern.

Einen ganzen Monat lang war Jojo wieder Zuhause in Deutschland bei ihrer Mutter, von all den guten Vorsätzen war so gut wie nichts mehr übrig geblieben, der graue Trott hatte sich wieder eingeschlichen. Dabei hatte sich Jojos Mutter rasend gefreut, ihre Tochter wieder in die Arme schließen zu können. Vor Aufregung hatte sie ein Glas fallen lassen, dessen Scherben sich mit lautem Scheppern im kahlen Treppenhaus verteilten.

„Josephine, …. Kind, ….. um Himmels willen."

Vor lauter, wo kommst du her und wo warst du, wurde Einar nur misstrauisch beäugt und beinahe im Treppenhaus stehen gelassen. Es dauerte mehr als nur den ersten Abend um Licht ins Dunkle zu bringen. Einar hatte sich entschlossen sie selbst zurück zu fahren, anstatt sie einfach bei der Polizei abzugeben. Aber es wurde eine fürchterliche Fahrt. Seine Strecke nach Stockholm kannte er im Schlaf, aber vom Jämtlands Län nach Deutschland fuhr er zwar instinktiv die kürzeste Strecke, in Richtung Süden, parallel zur norwegischen Grenze. Doch diese Strecke führte an jeder noch so kleinen Ortschaft vorbei, es dauerte Stunden bis sie endlich auf eine Schnellstraße kamen. So waren sie froh, es abends bis Malmö geschafft zu haben. Wo Einar ihr, ganz auf Lehrerart den Turning Tower zeigt, das neue Hochhaus, das sich in Richtung Himmel schraubte. Für eine Nacht leisteten sie sich ein günstiges Hotel in der Stadt und erreichten am nächsten Abend Jojos Heimat, die Grafschaft.

Frau Daget hätte Einar am liebsten aus den Haus gewiesen und Jojo musste mehrfach beteuern, dass sie ohne ihn jetzt nicht hier stehen würde. Am Ende durfte er die Nacht im Gästezimmer verbringen und sich von der Fahrt erholen. Er machte einen etwas frustrierten Eindruck.

„Ich habe dir doch gesagt, wie schlimm sie ist", flüsterte ihm Jojo zu.

„Sie glaubt nur immer noch nicht, dass ich nichts mit deinem Verschwinden zu tun habe."

Schließlich begriff Frau Daget den Zusammenhang und überschüttete Einar plötzlich mit Höflichkeiten, ob er nicht noch den Rest des Urlaubs bei ihnen verbringen wolle, sie wollte ihm sogar sein Leibgericht kochen. Aber das wäre Fisch gewesen und da musste sie passen. Einar zog es vor, nicht länger zu bleiben, ließ seine Adresse da, wegen polizeilicher Ermittlungen. Er sicherte zu, nach all seinen Mitteln zu helfen, den Unmenschen zu fassen, der Jojo so zugerichtet hatte. Frau Daget war wirklich überglücklich ihre Tochter zurück zu haben, sie schilderte ihre Sorgen. Zuerst hatte sie die Schulkameradinnen angerufen, die von nichts wussten, ihr allerdings von der Mathearbeit erzählten. Später blieb ihr nichts anderes übrig, als eine Vermisstenmeldung bei der Polizei aufzugeben.

Bei den Nachforschungen fiel auf, dass Jojo versucht hatte, Daten auf ihrem PC zu löschen, die allerdings zum größten Teil wiederhergestellt werden konnten. In ihrer Aufregung und Eile hatte sie einiges sogar im Papierkorb gelassen, so dass es für die Beamten ein Kinderspiel war herauszufinden, dass es sich um eine Internetbekanntschaft handeln musste. Auch Köln als Ziel zu finden, verursachte keine Schwierigkeiten.

Dann aber kamen sie nicht weiter. Benno hatte seinen Account mit mehr Erfolg gelöscht und alle seine Daten waren erlogen und konnten nicht weiter nachverfolgt werden. Schließlich hatte Jojos Klassenlehrerin mit ihrer Mutter gesprochen, Frau Geissler hatte erklärt, dass ihre schulischen Leistungen zu wünschen übrig lassen würden, aber die Mathearbeit hatte sie entgegen ihren Befürchtungen mit einem „Ausreichend" nicht verhauen. Es dauerte nur ein paar Tage, die Jojo von ihrer Mutter bekam, sich wieder einzuleben, da eröffnete sie ihr auch schon: „Ach, ja übrigens, dein Mathematiklehrer, der Herr Schwartz, also, der setzt sich sehr für dich ein. Er wird dir den Rest der Sommerferien Nachhilfe geben, er opfert seine Freizeit für dich, du solltest ihm dankbar sein. Du bist einen ganzen Monat, bevor die Sommerferien begannen, aus der Schule geflüchtet, obwohl du das Schuljahr hättest schaffen können. So fehlen allerdings noch einige Noten und du musst am Ende der Ferien eine extra Prüfung ablegen, wenn du die schaffst, wirst du in die Klasse zehn versetzt. Wenn nicht geht's auf die Hauptschule, da kannst du dann die Klasse neun wiederholen, damit du überhaupt einen Abschluss hast, also halt dich ran!"

Genau das war, was Jojo an ihrer Mutter hasste.

„Sie hätte doch erst mal mit mir sprechen können, anstatt mich vor vollendete Tatsachen zu stellen, Nachhilfe beim Schwartz, oh Gott und das auch noch in den Ferien."

Der erste Tag war allerdings der allerschlimmste gewesen. Jojo musste sich bei ihrer Frauenärztin einer gründlichen Untersuchung unterziehen und ihre Mutter blieb dabei hocken und hörte genau zu. Jojo hatte gar keine Lust, von all den Schändlichkeiten zu erzählen, die ihr angetan worden waren. Der Schwangerschaftstest fiel zum Glück negativ aus. Die allermeisten anderen äußerlichen Blessuren waren im Laufe der Zeit verheilt. Sofort danach ging es noch zur Polizei, das vermisste Kind war wieder aufgetaucht und die Vermisstenanzeige musste zurückgenommen werden.

Der Polizist wollte statt dessen sofort eine andere Anzeige ausfüllen und hatte das entsprechende

Formblatt auch schon in der Hand, als zu aller Verwunderung Frau Daget ihre Tochter mit den Worten: „Wir werden uns das erst noch überlegen", aus dem Raum schob.

„Mama, ich muss doch Anzeige gegen diesen Benno erstatten, der wollte mich umbringen und hätte es auch beinahe geschafft!"

„Ja sicher, Josephine, das ist richtig, aber überlege doch einmal, die ganze Gerichtsverhandlung und die vielen peinlichen Fragen, das würde ich nicht ertragen."

„Aber es geht doch um mich, was ist wenn er sich das nächste Mädchen schnappt und misshandelt?"

„Entschuldige mal, aber so dumm, wie du dich angestellt hast …. Außerdem, was meinst du denn, wie es später weitergeht? Dieser Benno wird möglicherweise gefasst und verhaftet. Jetzt sei doch bitte einmal realistisch! Vielleicht bekommt er ein paar Jahre Gefängnis und dann …. Was ist wenn er wieder herauskommt, er kennt dich und deine Adresse! Meinst du nicht, dass er sich rächen würde, dass er brutal ist, hast du doch wohl zur Genüge zu spüren bekommen und dann macht er sicher keine halben Sachen!"

Es half nichts, Jojo kam gegen die Argumente ihrer Mutter nicht an. So zog sie frustriert nach Hause und ließ auch die Nachhilfestunden mit Herrn Schwartz über sich ergehen. Im Laufe der Wochen bekam sie sogar Spaß daran, denn im privaten Rahmen, war Herr Schwartz viel lockerer und Jojo verstand sogar, was ihr beigebracht wurde. Und in einem einzigen Punkt musste sie ihrer Mutter sogar Recht geben: Sie hatte ihre Ferien schon gehabt und die waren wunderschön gewesen. Oft lag sie nachts wach und dachte an die schillernde Wasserfläche des Sees und die gemütliche kleine Hütte in Schweden. Für nächste Woche war die Nachprüfung in der Schule angesetzt. Jojo war einigermaßen relaxt, ihre Mutter eher weniger, aber zum Glück musste die zu ihrer Arbeit und hatte an diesem Tag kein Frei bekommen.

Jojo stand in ihrem Zimmer und begutachtete ihr Spiegelbild, die Sonne schien durchs Fenster hinein und wurde von ihren gelben schimmernden Übergardinen noch verstärkt. Sie musste die Augen schließen, so sehr wurde sie vom Sonnenlicht geblendet. Mit geschlossenen Augen sah sie sich selbst auf dem Angelsteg liegen und in die schwedische Sonne blinzeln. Einars Stimme fragte sie über Farben aus, um ihre Erinnerung wachzurütteln. Ihr fielen ihre Antworten wieder ein, gelb-orange für sich selbst, ganz klar, ihr Zimmer war die reinste gelbe Explosion. Neben den dünnen Übergardinen war auch die Tapete in kräftigen Sonnenfarben, ebenso die Bettwäsche, der Teppichboden zeigte einen kräftigen Orangeton.
„Das war schon mal Top getroffen.“
Sie überlegte nach den anderen Fragen.
„Mama! Grau habe ich gesagt!“
 Auch das war perfekt, die Lieblingsfarbe ihrer Mutter schien grau zu sein, fast täglich trug sie ein Outfit, in dem zumindest ein Teil grau war, meist mit schwarz kombiniert.
Jojo hatte sie schon oft daraufhin angesprochen, aber Frau Dagets Antwort war stets die gleiche: „Kind, du weißt doch, ich arbeite auf einer Bank mit Kundenverkehr, da ist die Kleidung gewissermaßen vorgeschrieben, ich sollte seriös aussehen, sauber natürlich und darf auch nicht täglich das gleiche tragen. Jeans werden gar nicht gerne gesehen, am besten ist ein schlichtes Kostüm oder ein Anzug.“
Dann hatte Einar noch nach einem Lehrer gefragt und sie hatte mit „Schwarz“ geantwortet und Herrn Schwartz dabei gemeint.

Nun machte dieser Mensch nicht nur mit seinem Namen der Farbe die Ehre, sondern hatte pechschwarze Haare, dichte schwarze Augenbrauen, kurzum, er wirkte schwarz. Er war ein Mensch mit einer Ausstrahlung und die meisten Mädchen standen total auf ihn.

„Bingo, dieser Einar war doch ein recht cleveres Kerlchen."

Eine Wolke hatte sich vor die Sonne geschoben, so dass Jojo sich weiter im Spiegel begutachten konnte. Von den Kilos, die sie in Schweden abgenommen hatte, waren einige schon wieder auf ihre Hüften gewandert. Dort hatte sie wesentlich mehr Bewegung gehabt und vor allem keinerlei Süßigkeiten, die sie sich nebenbei reinschieben konnte. Ihre Hosen saßen anfangs wesentlich lockerer und rutschten auch schon mal etwas runter, das hatte jetzt wieder aufgehört.

Sie drehte sich um und drückte die „On" Taste ihres Computers, obwohl ihr das Chatten im Internet keinen Spaß mehr machte, fast hatte sie Angst sich die Finger dabei zu verbrennen. So ging sie nur auf wirklich ungefährliche Seiten, um verschiedenen Freundinnen zu schreiben. Auch für die Hausaufgaben war verschiedenes am PC zu recherchieren.

Um alles Männliche machte sie, wenn möglich, einen weiten Bogen.

Ihre Musik, die hatte sie am meisten vermisst, so hatte sie sich viel Arbeit gemacht, um ihren MP-3-Player zu aktualisieren, sie hörte gerne die deutschen Hits, wie die von „Revolverheld" sie liebte die klare, kühle Stimme des Lead-Sängers und auch die Songs von „Ich und Ich" fand sie gut. Neuerdings versuchte sie auch die englischen Texte zu verstehen und fand sie plötzlich gar nicht mehr so doof, wie früher. Ihr Englisch Verständnis hatte stark gewonnen, oder war es nur ihr Selbstbewusstsein, dass sie jetzt mit Erfolg an der Sprache arbeiten ließ?

Die Prüfung war geschafft und bestanden! Jojo fiel eine Last von den Schultern, sie konnte an der Schule bleiben – Gott sei Dank! Noch vor gut zwei Monaten war ihr diese Möglichkeit völlig aussichtslos erschienen. Der Unterricht hatte wieder angefangen und jetzt hieß es, das letzte Schuljahr mit Erfolg hinzubiegen.
Die Reaktion ihrer Mitschüler war sehr unterschiedlich, manche behandelten sie betont burschikos, so als sei sie schon immer beste Freundin gewesen. Für manche schien sie ein Paradiesvogel zu sein, den man peinlich anstarren musste. Andere dagegen vermieden es sogar sie zu sehen. Sie selbst hatte oft das Gefühl ein Stigma auf ihrer Stirn spazieren zu führen, sie wusste, oder hatte zumindest das Gefühl, dass sie überall Gesprächsthema Nummer eins war. Denn alle hatten ihr Verschwinden mitbekommen, viele waren extra vernommen und befragt worden.
Ihre Klassenlehrerin, Frau Geissler, hatte das einzig richtige gemacht. In der ersten Stunde hatte sie Jojo vor die Klasse gebeten, kurz das Geschehnis erläutert und um Fragen gebeten. Danach solle man Jojo bitte in Ruhe lassen, weil sie nicht weiter auf die Entführung angesprochen werden wolle. Sie verbat sich Gespräche hinter ihrem Rücken, wenn etwas unklar sei, sei es besser das direkte Gespräch zu suchen.

Der Sportunterricht war die absolute Hölle, Sport war schon immer eines von Jojos ungeliebtesten Fächern gewesen. Heute empfand sie es als besonders schlimm. Geräteturnen stand auf dem Lehrplan für Klasse zehn. Vorher gab es Aufwärmübungen, die ihr schon die Luft wegnahmen, vier Runden durch die Turnhalle erzeugten bei ihr Seitenstechen und dann ging es ans Aufbauen des Recks. Manche der Mädchen waren in gespannter Erwartung, doch Jojo hoffte nur, dass die Stunde möglichst schnell herum gehen sollte. Sie sah sich um und stellte fest, dass auch andere stöhnten.

„So ein Scheiß, Geräteturnen, ich würde lieber tanzen lernen in der Schule, das wäre viel sinnvoller, da könnte meine Mutter das Geld für den Kurs sparen. Das sollte mal eingeführt werden, da hätte man was von!"

Mona steigerte sich richtig hinein, sie war ein hübsches Mädchen mit dunklem gelocktem Haar und ausdrucksvollen Augen. Man sah ihr förmlich den Rhythmus im Blut an, lustig hopste sie einige Pirouetten um Jojo und einige andere Mädchen.

„So, jetzt geht's los", sagte Frau Demmer, die Sportlehrerin, „schön langsam der Reihe nach, stellt euch mal auf! Wir üben erst einmal nur den Aufschwung, das heißt jedes Mädchen geht locker auf die Stange zu drückt sich mit durchgestreckten Armen hoch, schwingt mit den Beinen hin und her und springt wieder ab. Wir wollen erst einmal langsam anfangen. Seht einmal her, so sollte das aussehen!"

Frau Demmer demonstrierte beispielhaft die gedachte Übung, es sah ganz einfach aus. Kathi als Spitzensportlerin machte den Anfang, auch bei ihr wirkte es nicht sehr schwer. Doch gleich die nächste bekam ihren Körper erst gar nicht hochgestemmt, im dritten Anlauf und unter Mithilfe von Frau Demmer klappte es. Schon war Jojo an der Reihe, meistens versuchte sie unter den letzten zu sein, in der Hoffnung, dass die Zeit ablief und keine Möglichkeit mehr für ausdauernde Wiederholungen war. Oftmals ging ihr Plan auch auf, aber heute war sie von Monas Tanzeinlage abgelenkt worden.

Zögernd ging sie auf die Stange zu, die auf Brusthöhe lag, sie griff feste zu und wollte sich hochdrücken – es ging nicht! Bei Kathi hatte es so einfach ausgesehen, aber schließlich war die zehn Zentimeter größer, da ging das sicher einfacher.

„Du könntest mal versuchen, etwas kräftig abzuspringen, die Reckstange feste packen, aus dem Schwung in die Höhe gehen, die Arme bleiben durchgedrückt! Du musst nur den Schwung umsetzten. So und jetzt auf ein neues."

Jojo tat, wie ihr geheißen wurde, sie sprang ab, packte die Stange und drückte sich hoch, aber ihre Arme knickten wie Streichhölzer unter ihr ab.

„Du solltest die Arme durchdrücken! Komm versuch es noch einmal."

Jojo biss sich auf die Zähne, im Hintergrund hörte sie schon einige der anderen Mädchen giggern, das machte sie wütend, aber auch der dritte Anlauf wurde nichts, wieder versuchte sie die Arme durchzudrücken, doch sie hatte die Stange derart krampfhaft umklammert und ließ sie nicht los, so dass sie recht traurig absackte. Mit den Händen nach oben, hing sie baumelnd am Reck.

„Wie ein nasser Mehlsack."

Hörte sie hinter sich und prustendes Gelächter folgte. Ein „Macht es doch besser!", verkniff sie sich, wahrscheinlich machten es die anderen besser. Doch sie hatte es erst einmal hinter sich und konnte die Bemühungen der Mädchen beobachten. Wenige machten eine gute Figur, ganz viele hatten Schwierigkeiten hoch zu kommen.

„Mädchen", meinte Frau Demmer am Schluss der Stunde, „das war doch nur ein Aufschwung! Das muss besser werden, schließlich werden noch andere Übungen folgen, ihr habt ja alle Pudding in den Armen." Sie hörte sich recht verzweifelt an.

Nach dem Umkleiden kam Mona auf Jojo zu.

„Das war doch lustiger, als ich dachte, am lustigsten von allen warst du!"

„Mehlsack!"

„Mein Gott, sei doch nicht gleich beleidigt, ich bin doch selber nicht hochgekommen!"

Jojo hatte ein ganzes Jahr in dieser Klasse zugebracht, trotzdem fühlte sie sich noch immer als Außenseiter, feste Freundschaften hatte sie hier noch keine geschlossen, sie fühlte sich immer noch mehr zu ihrer früheren Klasse hingezogen. So war sie verwundert, dass sie von Mona um die Hüfte gepackt wurde und gefragt wurde, was sie am nächsten Wochenende vorhatte, ob sie vielleicht einmal zusammen ins Kino gehen könnten?

Eine Woche später hatten sie wieder Sportunterricht gehabt und Frau Demmer hatte es an diesem Tag mit „einfachen" Klimmzügen versucht.
„Das sollte doch wohl jeder können", meinte sie „und wenn nicht, könnt ihr hier sehen, wo eure Schwachpunkte liegen. Da ist ja gar nichts in euren Armen, nur Wackelpudding!"
Jojo konnte sich anstrengen, wie sie wollte, sie bekam sich nicht hochgezogen, wie ein nasser Sack hing sie an der Stange, es war ein unmögliches Gefühl. Zwar hielten sich die anderen Mädchen zurück, denn den meisten ging es nicht viel besser und diesmal hatte sich Jojo ans hintere Ende der Schlange verdrücken können.
Jetzt streckte sie ihrem Spiegelbild die Zunge heraus.
„Du bist wirklich ein plumper schwerer Kartoffelsack", sagte sie zu sich selbst, „wie hast du es auf Einars kleiner Insel geschafft, auf den großen Findling raufzukommen?"
Kopfschüttelnd sah sie sich an.
„Jetzt ist Schluss mit all dem Süßkram und den Chips, Einar hatte ganz recht gehabt, ich bin zu fett! Warum habe ich das nicht direkt beibehalten, ich hatte mich doch ans gesunde Leben gewöhnt gehabt."
Missmutig sah sie auf den Bildschirm, der noch vor drei Monaten ihr ganzer Lebensinhalt war. Ihr persönlicher Sonnenaufgang war das Begrüßungs-Jingle von

Windows, der flackernde Bildschirm ihre Sonne. Bis tief in die Nacht hinein hatte sie täglich davor gesessen und nebenher Tütenweise Chips und anderes gegessen. Zwar machte ihr das Surfen im Internet noch immer keinen Spaß, aber sie kannte keine Alternative. Oh, doch, sie hatte in letzter Zeit auch schon ab und zu ein Buch in die Hand genommen und gelesen, das hatte ihr je nach Lektüre auch gefallen, aber auch dazu gehörten in Reichweite die Kalorienbomben.

Entschlossen fuhr sie den PC herunter, zog sich eine Jogginghose und Turnschuhe an, steckte sich den Hausschlüssel ein und zog die Türe hinter sich ins Schloss.

Langsam lief sie über die asphaltierte Straße aus dem Dorf hinaus und den leichten Anstieg in Richtung Obstanlagen. Erstes Seitenstechen machte sich bemerkbar. Sie biss die Zähne aufeinander und lief weiter. Es war kein sehr warmer Tag, trotzdem war sie ins Schwitzen geraten, keuchend kämpfte sie auf einem Weg zwischen Apfelplantagen mit ihrem persönlichen Schweinehund. Erst auf der Höhe hinter den Bäumen, gab sie den Kampf fürs erste auf. Schwer atmend blieb sie stehen und stützte ihre Hände auf die Oberschenkel. Langsam bekam sie einen Blick für die Landschaft.

Unter ihr und in der Ferne konnte sie das graue Band der Autobahn sehen, die sich im Süden im Dunst und zwischen den Bergen verlor. Vor ihr lag ein kleiner Ort mit Kirche in der Mitte, Karweiler!

Rechts von ihr sah sie Ringen und den Innovationspark mit dem Bankgebäude, in dem ihre Mutter all ihre Kunden bediente. Das war der ausschlaggebende Grund gewesen aus der Stadt in dieses Nest zu ziehen, denn bis vor kurzem war der Bankschalter noch im Ort gewesen.

„Da kann ich gut zu Fuß hingehen", hatte Frau Daget gemeint, „dann kann ich mir die Fahrkosten sparen.

Auch die Mieten sind günstiger als in der Stadt und du kommst mit dem Bus auch wunderbar zurecht."
Jojo kam nicht wunderbar mit dem Bus zurecht, aber wie immer, wurde sie nicht gefragt. Sie hasste Busfahren, es war laut, voll und dauerte sehr lange. Später war sie ärgerlich, weil der letzte Bus um zwanzig Uhr in ihrem Dörfchen ankam und sie zuhause war, wenn es erst anfing lustig zu werden. Daher hätte sie gerne einen Roller gehabt, um wenigstens etwas flexibler zu sein. Diese alten Geschichten gingen durch ihren Kopf, als sie langsam weiterging, schön langsam jetzt, denn jeder Ansatz zum Laufen wurde mit neuen Seitenstechattacken quittiert.

Von diesem Tag an, lief oder wanderte Jojo täglich eine Runde aus dem Dorf, es ging immer besser. Auch längere Strecken bewältigte sie inzwischen ohne Beschwerden. Trotzdem ging sie zwischendurch immer wieder Passagen im Schritttempo, sie nahm die Landschaft um sich wahr und das gefiel ihr gut. Die Apfelernte war
überall zugange und auch Erdbeeren wurden noch auf verschiedenen Feldern gepflückt. Ab und zu bekam sie einige Früchte in die Hand gedrückt, denn die Erntearbeiter hatten sich inzwischen an ihr regelmäßiges Erscheinen gewöhnt.
Oftmals blieb sie einfach stehen und ließ ihren Blick über die Landschaft gleiten. Ihr gefielen die verschiedenen Grünfärbungen, es war ihr nie bewusst gewesen, wie viele verschiedene Schattierungen in Grün es gab. Die dunklen Hügelketten von Eifel und Westerwald, die den Hintergrund begrenzten, fesselten ebenso ihren Blick, wie die versteckten Täler in der Tiefe, durch die man einen Bachlauf nur ahnen konnte. Auf dem gegenüberliegenden Hügel war der Segelflugplatz Bengener Heide, lautlos wie die Flieger, würde sie gerne

aus eigener Kraft ihre Runden über den Feldern drehen
können. Die großen dunklen Wälder auf der anderen
Ahrtalseite regten ihre Phantasie an und schickten ihre
Gedanken wieder nach Schweden, in den Wald, in dem
Einar sie fand.
Sie empfand immer noch glühenden Hass gegenüber
ihrem Entführer, oftmals quälten sie nachts Alpträume.
Einmal sprach sie mit ihrer Mutter darüber, doch die
meinte nur: „Die schlimmen Träume hören schon wieder
auf, wenn du meinst, kannst du dir gerne von einem
Psychologen helfen lassen. Ich bin nach wie vor der
Meinung, dass es richtig war, keine Anzeige zu
erstatten. Das wäre bestimmt schlimm geworden, all die
Fragerei …. Und wie schon gesagt, nach ein paar
Jahren wäre der Kerl ja doch wieder auf freien Fuß
gekommen und dann hättest du Grund für deine
Alpträume gehabt!"

Schön fand sie, dass Einar per Mail Kontakt zu ihr
aufgenommen hatte, er hatte einfach wissen wollen, wie
es ihr weiterhin ergangen war, seitdem schrieben sie
sich regelmäßig. Sie schrieb jeden Samstag oder
spätestens am Sonntagabend, falls sie mal nicht zu
Hause war, was jedoch selten vorkam und er antwortete
meist am Tag darauf. Das beste an Einar war, dass er
sie stets als erwachsene Person behandelte, das war in
Schweden schon so gewesen, das war bei seinen
Schreiben genauso.
So hatte sich ein neuer fester Lebensrhythmus ergeben,
der ihr im Vergleich zu „vorher" eigentlich besser gefiel,
ihr Leben war bereichert worden, nachdem sie endlich
ihre Gewohnheiten geändert hatte. Oftmals strömte ein
tiefes Glückgefühl durch sie hindurch, wenn sie oben auf
der Höhe ihre Blicke wandern lassen konnte. Sie fühlte
sich frei wie ein Adler und glaubte manchmal abheben

zu können, wenn sie nur kräftig genug mit ihren Flügeln schlagen könnte.

Inzwischen ging es ihr nicht mehr ums Abspecken und Kondition aufbauen, das lief ohne ihr Zutun nebenher. Wenn sie wegen eines stürmischen Regentages nicht heraus konnte, fühlte sie sich abends leer und ausgebrannt.

Frau Daget hatte auf Jojos neues Hobby mit Verwunderung reagiert, ließ sie aber gewähren. Zuerst sträubte sie sich dagegen, funktionelle Sportbekleidung anzuschaffen, sicherlich dachte sie, nach ein paar Wochen hört der Spuk auf. Als aber auch der Winter Jojos Bewegungsdrang kaum bremsen konnte, kam sie nicht daran vorbei.

Ein ganzes Jahr war inzwischen vergangen, Jojo hatte die Schule mehr oder weniger erfolgreich beendet, immer noch hatte sie die etwas schrille Stimme ihrer Klassenlehrerin in den Ohren: „Im letzten halben Jahr hast du dich wirklich angestrengt, hättest du diese Leistung früher schon eingebracht, wäre ein Wechsel aufs Gymnasium drin gewesen und das Abitur durchaus im Rahmen der Möglichkeiten."

Jojo behielt diese weisen Worte lieber für sich, ihre Mutter hätte sicherlich noch einen Weg gefunden, sie zu einem besseren Abschluss zu quälen. Zufällig hatte sie in dem Sportgeschäft, in dem sie inzwischen beinahe Stammkundin war, eine Lehrstelle gefunden und war sehr zufrieden damit.

Nach wie vor lief sie täglich ihre Runde und hatte sich eine sportliche, durchtrainierte Figur angearbeitet. Sie war jetzt siebzehn Jahre alt, pflegte einen kleinen Freundeskreis, traf sich aber selten mit Jungens alleine. Dagegen hatte ihre Mutter sie verblüfft, kaum neigte sich das Schuljahr dem Ende zu, traf sie sich öfter mit Herrn Schwartz.

Jojo erklärte sie, sie habe seit der ersten Begegnung Sympathie empfunden, aber wegen des Geredes in der Schule habe sie Rücksicht genommen und beide hatten erwogen die Beziehung geheim zu halten, solange Jojo noch zur Schule ging. Jetzt aber könne endlich mit der Geheimnistuerei aufgehört werden.

Freitagabend, Jojo hatte sich nach der Arbeit mit Mona verabredet, eine der wenigen Freundinnen, die ihr von der Schule geblieben waren. Die Mädchen wollten einen gemütlichen Abend miteinander verbringen, eine Kleinigkeit essen gehen, vor allem aber viel miteinander bereden und kichern. Hinterher wollten sie bei Mona, die sturmfreie Bude hatte, noch einige Filme anschauen. Jojos Thema Nummer eins dieses Abends war ihre Mutter, wie schon oft, aber diesmal aus einer anderen Perspektive. Diesmal ging es um deren Freundschaft mit ihrem Ex-Lehrer, die beiden wollten an diesem Wochenende etwas gemeinsam unternehmen. Was immer man sich auch darunter vorstellen konnte. Mona fand das Ganze prima, sie hatte immer eine sehr positive Einstellung.
„Lass doch deiner Mutter auch mal ihren Spaß!"
„Klar, gerne, soll sie doch …aber ausgerechnet der Schwartz!"
„Warum denn nicht! Der sieht doch gut aus, weißt du noch, wie alle Mädchen auf ihn geflogen sind. Ich war auch in ihn verknallt, Mathe war immer total krass!"
„Ich habe Mathe immer gehasst und ich habe mich auch immer gewundert, wie man auf den Schwartz stehen konnte. Klar sieht er ganz gut aus, aber für uns Mädchen war er doch viel zu alt."
„War doch nur eine Schwärmerei", lachte Mona.
Die Mädchen ergänzten sich hervorragend: Mona war immer gut drauf und verwandelte Jojos Grübeleien ins Positive. Jojo dagegen holte ihre Freundin gelegentlich

aus den Luftschlössern zurück, die sie sich erdacht hatte und setzte sie wieder auf ihre eigenen Füße.

„Wenn ich ehrlich bin, fände ich es ganz gut, wenn meine Mutter mal was anderes als immer nur ihren Job in ihrem Kopf hätte. Aber ich bin es einfach nicht gewohnt, sie hatte nie einen Freund, oder hat mir wenigstens nichts davon erzählt. Nachdem mein Vater abgehauen ist, war für sie der Ofen aus!"

„Das ist doch schon so lange her, du erzähltest mir mal, dass du dich fast gar nicht mehr an deinen Vater erinnern kannst. Deine Mutter macht schon das Richtige. Ah, da kommen unsere Tortellini, lecker sehen sie aus."

Die Mädchen hatten eine gemütliche Pizzeria in der Ahrweiler Fußgängerzone gewählt, um sich unterhalten zu können, hier gab es einige Nischen in denen man ungestört und meist auch ungesehen sitzen und essen konnte. Später durfte man auch in aller Ruhe sitzen bleiben und an seiner Cola nippen. Die Musik war nicht unangenehm und nur gedämpft zu hören. Seit sich Jojo diese Besuche ab und zu leisten konnte, kam sie gerne hierher.

Langsam fingen sie mit dem Essen an, das beiden noch zu heiß war, sie stocherten erst mal nur darin herum. Der verführerische Geruch und ihr Hunger taten ein übriges, so dauerte es doch nicht sehr lange, bis beide Teller leergeputzt waren.

„Bestellst du mir bitte noch eine Cola, wenn die Bedienung abräumen kommt, ich muss mal zur Toilette", meinte Mona und stand auch schon auf.

„Klar", lachte ihr Jojo nach.

Die plötzliche Ruhe brachte ihre Gedanken wieder zum Wandern, sie wünschte sich etwas mehr von Monas guter Laune, wo sie hinkam, war was los und meist stand das zierliche Mädchen im Mittelpunkt. Überall kam sie gut an, bei Mädchen ebenso wie bei Jungs, Jojo war stolz so eine Freundin zu haben, sonst hätte wahrscheinlich kein Mensch Notiz von ihr genommen. Sie kam sich selbst immer wie eine graue Maus vor. Plötzlich registrierte sie die Stimmen vom Nebentisch, zu dem sie mit dem Rücken saß. Es lief ihr eiskalt den Rücken herunter, die Stimme kannte sie! Die hatte sie schon gehört und keine guten Erinnerungen daran verknüpft!

Sie schrumpfte in ihrem Stuhl zusammen, stellte gleichzeitig ihre Ohren auf groß, um etwas von dem Gespräch mitzubekommen.

Es war eine etwas harte Männerstimme, die ein klein wenig abgehackt sprach:

„Du willst also aussteigen, warum?"

„Nein, ich will nicht aussteigen, ich will mich nur verändern."

Die zweite Männerstimme war eigentlich weich und angenehm, aber gerade sie war es, die Jojo Gänsehaut bereitete. Sie musste versuchen einen Blick auf die Kerle zu werfen, um sich sicher zu sein, wagte es aber nicht sich umzudrehen. Die Nischen waren nur durch große Pflanzkübel getrennt, die auf halb hohen Abtrennungen standen. Zwischen den Töpfen konnte man schon einen Blick hindurchwerfen, lief allerdings Gefahr entdeckt zu werden und das wollte Jojo auf keinen Fall.

Die harte Stimme sprach weiter: „Veränderung ist nicht gut, es läuft alles prima, warum bist du hierher gezogen, der Ort ist zu klein."

„Ich habe die Nase voll von Großstädten, ich werde mich verändern und du kannst das nicht aufhalten. Herrgott, Peter ich werde zu alt, meine Masche zieht nicht mehr! Ich werde in Zukunft nur noch im Hintergrund arbeiten und das kann ich auch gut von hier aus. Außerdem muss ich mein Französisch verbessern, das kann ich hier wunderbar an der Volkshochschule. Wir wollen doch den Markt verbessern und mehr mit Frankreich korrespondieren, letztens ist mir eine Kundin beinahe abgesprungen, nur weil ich mich falsch ausgedrückt hatte. Ich hatte sehr viel Arbeit, sie wieder auf unsere Seite zu ziehen. Der Blonde muss meinen Part übernehmen, der kann das viel besser …."

Mona kam zurück und verbreitete sofort wieder Unruhe, nach einem Blick über den Tisch mit dem schmutzigen Geschirr meinte sie:

„Die Bedienung war noch gar nicht da und du hast noch kein neues Trinken bestellen können, - was ist denn mit dir passiert?"

Sie sah auf Jojos schreckgeweitete Augen, ihr schneeweißes Gesicht und ihre zusammengekrümmte Haltung, die insgesamt nur eines ausdrückten: Angst!

Jojo fuchtelte unbedacht mit den Händen herum und flüsterte kaum hörbar:

„Hast du die gesehen?"

„Was, wen, die?"

„Die Kerle, die hinter uns sitzen!"

„Nein, da hab´ ich nicht drauf geachtet, was ist mit denen?"

„Ich bin mir nicht sicher, vielleicht spinne ich auch, ich muss wissen, wie die aussehen, aber mich dürfen sie nicht sehen."

„Kein Problem, mein Handy macht super Fotos."

„Mona, pass auf und lass dich nicht dabei erwischen."

„Ach quatsch, ich gehe einfach zur Theke und bestelle uns dort was zu trinken, vorne ist auch Chris, mit dem kann ich mich ein wenig unterhalten und dabei ganz still und heimlich … "

Schon hatte sie ihr Handy in der Hand und wackelte damit hin und her.

Jojo sah ihrer Freundin skeptisch hinterher, plötzlich fühlte sie sich gar nicht wohl in ihrer Haut und wäre am liebsten hinter Mona hergelaufen und hätte sie aufgehalten. Natürlich hätte sie auch laut rufen können, um sie zu stoppen, aber alles hätte die Aufmerksamkeit auf sie gezogen und das wollte sie auf gar keinen Fall. Die Unterhaltung in ihrem Rücken war anscheinend nicht unterbrochen worden. Die Männer waren hoffentlich so sehr in ihr Gespräch vertieft, dass sie Mona nicht bemerkten.

Die sanftere Stimme meinte soeben: „So einen, wie den Blonden könnten wir gut gebrauchen, der macht seine Sache gut und wenn ich mich jetzt zurückziehe, wird der viel Arbeit bekommen."

„Ich werde sehen, was sich machen lässt. Aber du hier in diesem Kaff, das gefällt mir immer noch nicht."

„Die Niederlassung in Köln gibt es schließlich auch noch ..."

Mona kam fröhlich zurück, zeigte auf ihr Handy, machte ein Okay-Zeichen, mit dem Daumen nach oben und erklärte: „Unsere Cola wird gleich kommen, ich bin halb am Verdursten."

Wie auf Kommando kam auch schon die Bedienung mit den Getränken, stellte mit einem „Bitte schön" die Gläser auf den Tisch und räumte gleichzeitig mit einem „hat es geschmeckt?" die Teller zusammen. Die Mädchen beeilten sich zu versichern, dass es wie immer sehr lecker war. Im Vorbeigehen bekam die Bedienung vom Nachbartisch eine weitere Bestellung zugerufen.

„Zwei Wodka, bitte."

Die etwas weichere Stimme ertönte leise und zischend: „Pe-ter", der Name wurde seltsam betont, „keinen Schnaps, bleib doch einfach beim Bier!"

„Euer Wodka ist wie Wasser."

„Und was meinst du", meinte Mona mit einem Nicken zum Nachbartisch.

„Es kann gut sein, dass ich mich getäuscht habe, es hört sich nach Geschäften an, aber eigentlich heißt das gar nichts."

„Ich würde gerne langsam nach Hause gehen."

„Scheiße, nein, dann müsste ich ja an denen vorbei und wenn ich mich nicht getäuscht habe und der eine sieht und erkennt mich …"

Jojo ließ den Satz unausgesprochen, so unsagbar und furchtbar erschien ihr das Gedachte.

„Sag mir doch wenigstens worum es geht."

„Herrgott Mona, meine Entführung, letztes Jahr im Sommer, das musst du doch noch wissen!"

Jetzt war es an Mona große angstvolle Augen zu kriegen.

„Was und der Kerl ist jetzt hier, schei…benkleister!"

„Wie gesagt, ich kann mich auch getäuscht haben, die meiste Zeit war ich ja schachmatt gesetzt, ich habe kaum mit ihm gesprochen, nur immer Mails geschrieben. Und die waren so verdammt nett und gut, dass ich nie auf die Idee gekommen wäre, dahinter verbirgt sich etwas anderes. Aber lass uns jetzt von was anderem sprechen, wir fallen sonst noch mit unserem Getuschel auf."

Die Mädchen bemühten sich unverfangen zu klingen, doch die Stimmung war dahin und es kam kein wirkliches Gespräch mehr zustande. So waren beide heilfroh, als am Nebentisch nach der Rechnung gerufen wurde und sich Aufbruchstimmung breit machte.

„Das hätte ich jetzt nicht länger ausgehalten, gut dass die endlich abziehen, ich muss unbedingt aufs Klo!"

Beide hielten sich absichtlich noch etwas in der Pizzeria auf, um sicher zu gehen, dass die Männer nicht mehr in der Straße waren, sondern möglichst weit weg. Andererseits war es inzwischen später geworden, als ihnen recht war und sie wollten gerne nach Hause, um ganz gemütlich noch ihren Film sehen zu können. Seitdem die Männer weg waren, war ihre Stimmung langsam wieder aus dem Tiefpunkt geklettert, an der Theke hatte Mona noch ein klein wenig mit Chris geflirtet, so war sie schon fast wieder gut drauf.

Auf dem Weg aus der Fußgängerzone schauten sie in die Schaufenster und machten sich gegenseitig auf verschiedene schöne oder unmögliche Teile aufmerksam. Als sie durch das Stadttor gingen, beratschlagten sie gerade, welchen der Filme sie nun sehen wollten. Mona war für ‚Keinohrhasen', weil der zum Lachen war. Jojo wollte lieber keinen Beziehungssenf sehen, wie sie sich ausdrückte. Plötzlich überkam sie ein frösteln in der kühlen Nacht, sie zog ihren Kragen hoch und steckte die Hände tiefer in die Jackentaschen. Währenddessen waren sie durchs Stadttor hindurch auf der anderen dunklen Seite angekommen, als ihr überraschend eine Hand von hinten unangenehm fest um den Hals griff. Sofort folgte die zweite Hand, die sich brutal fest über ihren Mund schob. Es war ein Reflex von ihr mit den letzten Ausatmen ein „Benno!" mit hinaus zu schieben.

„Kein Tönchen, mein Schätzchen", zischte ihr eine Stimme ins Ohr, die ihr jetzt aber wirklich das Blut in den Adern zum Einfrieren brachte, allerdings war es die harte Stimme von Peter.

„Woher weiß diese Schnecke deinen Namen, zum Teufel? Und warum habt ihr uns fotografiert?"

Letzteres bekam Jojo ins Ohr gezischt.

Die andere Gestallt warf einen schnellen Blick zur Seite.

„Bist du das wirklich? Jojo, meine große Liebe! Das hätte ich beim besten Willen nicht gedacht, dass ich dich noch einmal wiedersehe!"

Benno! Er war es wirklich und tatsächlich.

Die Beine müssten unter ihr wegsacken, aber das wäre wahrscheinlich egal. Der Griff um ihren Hals war so kräftig, der hätte sie auch ohne ihre Beine hochhalten. Sie konnte ihren Kopf nicht bewegen, aber aus den Augenwinkeln konnte sie erkennen, dass Mona auf gleiche Weise bedrängt wurde. Jojo stierte in ihrer Panik in die Nacht, irgendjemand sollte doch noch auf der

Straße, oder auf dem nahen Parkplatz zu finden sein. Diesem jemand musste doch auch auffallen, dass hier nicht alles mit rechten Dingen zuging. Sie wollte „Hilfe" schreien, so laut sie konnte, brachte natürlich keinen Piep hinaus.

,Herrgott! Hilfe! Sieht uns denn keiner!'

Sie wünschte ihre Gedanken würden von einem anderen, irgendwo und irgendwie, empfangen werden.

„Kommt schön mit, meine Täubchen", meinte nun ihr ,Begleiter' freundlich, „ich werde jetzt deinen Mund loslassen, aber wehe, da kommt ein Ton heraus! Dafür steche ich euch beide sofort ab." Jojo konnte trotz der Dunkelheit das kalte Blitzen eines Stahls sehen, das Peter mit seiner Jacke wieder verdeckte. Mit dem rechten Arm umfasste er jetzt ihren Rücken, in seiner linken hielt er das Messer und ließ sie spüren, dass er es mit seiner Drohung ernst meinte.

Von hinten würden sie wahrscheinlich aussehen, wie ein Liebespaar.

Jojo geriet ins Stolpern, wurde aber sofort abgefangen, sie hatte keine Chance zu fliehen. Trotzdem überlegte sie fieberhaft, ob sie sich losreißen könnte und einen Spurt hinlegen sollte, sie war ziemlich schnell geworden auf hundert Meter, aber wohin? Und dann wäre da ja noch Mona, was geschähe dann mit ihr? Als ob Peter ihre Gedanken gelesen hätte, verstärkte sich der Druck um ihre Taille um ein weiteres, jetzt blieb ihr beinahe die Luft weg. Die Fluchtgedanken verflogen.

Das restliche Stück wurde schweigend zurückgelegt. Jojos Augen flogen gierig hin und her, um doch noch eine Menschenseele aufzuspüren, doch es war schon kurz nach Mitternacht und die Stadt wie ausgestorben.

,Außerdem ist November', dachte Jojo, ,da hockt jetzt jeder, der halbwegs vernünftig ist, in seiner warmen Bude, wie wir es ja auch eigentlich wollten. Am besten wären wir doch aufgebrochen, als die beiden Dösels noch in der Pizzeria saßen, da hätten sie schon hinter uns her rennen müssen.'

Aber dann fiel Jojo wieder ein, dass sie damals Benno ihre Adresse genannt hatte, der hätte auch seelenruhig abwarten und sie irgendwann daheim abfangen können. Bei dieser Erkenntnis gaben ihre Beine unter ihr wieder nach.

„Wir haben es jetzt gleich geschafft!"

Schon hielt Benno vor einem Mehrfamilienhaus und kramte mit einer Hand nach seinem Schlüssel.

‚Jetzt!' dachte Jojo.

Aber schon öffnete er die Türe und die Männer schoben die Mädchen in einen dunklen Flur. Gleich gegenüber der Haustüre, öffnete Benno nun auch schon die Wohnungstüre und schob Mona zu Peter, der nun beide Mädchen in Schach hielt. Blitzschnell hatte Benno die Jalousien geschlossen und das Tape aus einer Ecke geholt, die Jojo nicht einsehen konnte. Beide Mädchen bekamen den Mund verklebt, so dass sie nur noch durch die Nase atmen konnten.

‚Zum Glück habe ich keinen Schnupfen', dachte Jojo und schalt sich sofort, dass das jetzt nun wirklich nebensächlich wäre.

„Handys raus!" befahl Benno, als keines der Mädchen direkt gehorchte, fing er an, selbst systematisch ihre Taschen zu durchsuchen. Grinsend zog er seine Beute aus den Hosentaschen.

„Wo sind die Fotos?"

„Erwartet er nun etwa eine Antwort, wie sollen wir mit dem stinkendem Klebeband vorm Mund sprechen?" So schaute sie ihn einfach nur dümmlich an.

„Schmeiß die Dinger doch einfach weg", riet Peter.

„Quatsch, ich muss kontrollieren, ob die Weiber die Bilder verschickt haben, oder jemandem eine Nachricht geschrieben haben. Wenn ich das gecheckt habe, gehst du hin und wirfst die Dinger in die Ahr!"

Jojo könnte sich ohrfeigen, als sie das hörte! Natürlich, warum habe ich das Bild nicht auf meinen PC schicken lassen, aber dann fiel ihr ein, dass Mona wahrscheinlich kein internetfähiges Handy hatte. Doch eine MMS, oder wenigstens eine SMS hätten sie versenden können. Zu spät!

Was hätte sie schreiben sollen? Vielleicht: ‚Hallo Mama, habe meinen Entführer wieder getroffen, oder glaube das zumindest!'

Peter schob die Mädchen in den nächsten Raum, der wohl ein Wohn- und Arbeitszimmer sein sollte. Um einen niedrigen Tisch gruppierten sich eine Polstergarnitur und ein Fernseher und in der anderen Ecke beim Fenster stand ein großer Arbeitstisch mit Computer und allem was dazu gehört.

Die Mädchen wurden in die beiden Sessel geschoben und starrten sich angstvoll an.

Peter hörte sich sehr ärgerlich an als er loslegte: „Jetzt will ich endlich wissen, wieso diese Schlampe deinen Namen kennt?"

„Etwas leiser bitte, das ist der Fall von letztem Jahr im Juni, bei dem alles schief gelaufen ist! Die blöde Fotze ist zu früh abgehauen, da hatte ich einfach noch nicht mit gerechnet. Monatelang habe ich sie bearbeitet und dann auf einmal …! Der Blonde war noch nicht fertig und du warst auch zu spät. Das war, als du den Achsbruch hattest!"

„Ach ja ich erinnere mich, aber ich dachte … warum lebt die noch und warum hast du ihr deinen richtigen Namen genannt."

„Ich sage doch, dass alles schief gelaufen ist, aber wieso die wieder fit ist, weiß ich nicht, ich dachte wirklich, die wäre hinüber!"

Während des Sprechens hatte Benno Jojos Hände auf den Rücken gezogen und mit dem Tape umwickelt, dann hockte er sich auf den Boden und versorgte ihre Füße.

Am liebsten hätte sie mit einem Fuß in sein Gesicht getreten, als er noch frei war, oder besser noch mit beiden Füßen gleichzeitig.

Benno warf das Klebeband zu Peter, der damit Mona verschnüren sollte, doch der meinte: „Mit der gehe ich erst mal ´ne Runde in dein Schlafzimmer."

Er zog an Monas Haaren, so dass sie aufstehen musste, aber ein scharfer Ton von Benno hielt ihn zurück.

„Lass das sein, schau doch, wie klasse die aussieht. Da lässt du die Finger von, die wird als Frischfleisch verkauft."

Abermals hielt er ihm das Tape vor die Nase.

„Verschnür sie lieber ordentlich!"

„Man meint glatt, du hättest Schiss vor den blöden Weibern."

„Quatsch, aber dass die eine hier wieder aufgetaucht ist, grenzt an Hexerei, glaube mir!"

Benno fuhr seinen Computer hoch, und der Bildschirm erwachte zu Leben.

„Ich dachte, du wolltest pennen, morgen wird ein stressiger Tag für uns werden."

„Gerade deswegen muss ich meine Mails checken und antworten, und du wirst dich noch mal auf den Weg machen und diese netten Sachen hier in den Fluss werfen."

Peter bekam die beiden Handys in die Hand gedrückt und verzog sich wieder nach draußen.

Eine ganze Weile konnte Jojo das Klappern der Tastatur hören. Sie malte sich aus, welchen unwissenden Mädchen dieses Scheusal, nette Mails schicken würde und wie sie damals voller Vorfreude auf seine Briefe gewartet hatte. Nie hätte sie gedacht, dass ein Mann weit jenseits der dreißig dahinter stecken würde.

Was hatte er aber mit den Mädchen vor, was sollte es bedeuten, dass er Mona als ‚Frischfleisch' verkaufen wollte? Sie hatte schon eine gewisse Ahnung, was damit gemeint sein könnte, aber das war doch hoffentlich nicht wahr!

Ausgerechnet Mona saß jetzt wegen ihr in der Falle, nur weil sie hatte wissen wollen, wer da hinter ihr saß. Wenn sie nur etwas mehr Mut gehabt hätte, wäre sie selber gegangen! Oder hätte ihn direkt angezeigt, letztes Jahr schon, vielleicht wäre er dann jetzt schon im Knast. Aber meine blöde Mutter wollte ja nicht. Das haben wir jetzt davon – Mona!

Die Tränen quollen Jojo langsam aus den Augen, ihre Wut hatte sich in Selbstmitleid verwandelt. Mit den Tränen fing auch ihre Nase zu laufen an, sie putzte sie vorsichtig am Polster des Sessels ab. Wenn Benno das sehen würde, wäre der nächste Wutanfall gesichert.

Nach einer Weile kam Peter zurück und meldete: „Alles klar, ich habe die Chipkarten und die Telefone getrennt in dem Bach versenkt."

PC und Licht wurde ausgeschaltet und Benno meinte nur leise:

„Schlaft schön, meine Süßen."

Das versetzte Jojo wieder in Wut und sie riss mit aller Gewalt an dem Klebeband. Zuerst mit den Händen, sie versuchte die Hände zu lockern, das Band zu dehnen, um die Hände herauszienen zu können. Dann mit den Füßen das gleiche, ohne Erfolg.

Sie war doch tatsächlich eingeschlafen, ihre Befreiungsversuche hatten sie dermaßen ermüdet, dass sie trotz der lächerlichen, unbequemen Haltung, weggedöst war. Jetzt schmerzten alle Knochen, mühsam bewegte sie sich zentimeterweise, um ihre Durchblutung wieder in Gang zu bringen.

Durch kleine Ritzen in den Jalousien fiel schon fahles Licht in den Raum, aber in der Wohnung war noch Totenstille, auch Mona schlief.

Hatte sie etwa gehofft, mit dem Erwachen wäre der Spuk vorüber?

Man würde ihr Verschwinden bemerken und nach ihnen suchen! Ja, aber wann?

Jojo überlegte: Mona hatte sturmfreie Bude, ihre Eltern kamen erst Samstagabend oder auch erst Sonntags zurück. Ihre eigene Mutter wollte Samstag bis Sonntag mit ihrem Lover verbringen, wahrscheinlich würde sie versuchen, sie auf ihrem Handy zu erreichen. Das lag aber inzwischen in der Ahr und würde keinen Ton mehr von sich geben sicher würde sie glauben, Jojo hätte mal wieder vergessen, ihren Akku aufzuladen. Das hieß im Klartext, keiner würde ihr Verschwinden vor Sonntagabend ernsthaft bemerken, oder erst Montagmorgens, wenn sie nicht zur Arbeit erschien. Die Lage war Hoffnungslos.

In die Stille krachte das Rauschen der Toilettenspülung, sofort waren Jojos Sinne zu Hundert Prozent geweckt. Eine Türe öffnete und schloss wieder, leise Stimmen waren zu hören, aber leider nicht zu verstehen. Dann ging der nächste zur Toilette.

Auch Mona war darüber aufgewacht, sie machte leise Bewegungsgeräusche, auch ein Nasenschnüffeln kam aus ihrer Ecke.

Plötzlich wurde das Licht angeschaltet, Jojo kniff schnell ihre Augen zu, es war so hell.

„Guten Morgen, die Damen, ich hoffe ihr habt wohl geruht."

Jojo fühlte wieder die Wut in sich. In Gedanken meinte sie: ‚Pah, Benno, was bist du für ein Witzbold, aber gut dass du geruht gesagt hast, anstatt geschlafen. Kippst uns in diese doofen Sessel wie zwei blöde Mehlsäcke, deckst uns noch nicht einmal zu und machst jetzt einen auf Mister Cool!'

„Wir haben uns entschlossen aus eurem überraschenden Besuch das beste zu machen und nehmen euch beide daher auf einen kleinen Ausflug mit, wie gemütlich das wird, hängt ganz alleine von euch ab." Jojo dachte weiter: ‚Wenn ich es könnte, ich würde dir zu gerne auf die Füße kotzen!' Wie wild rumorte sie in ihrem Sessel herum, ganz nebenbei, aber umso heftiger nahm sie ihre übervolle Blase wahr, die Cola von gestern forderten ihren Tribut.

Benno schien jetzt aber ihre Gedanken gelesen zu haben und erklärte feierlich: „Ihr dürft jetzt nacheinander auf Toilette und euch etwas frisch machen, jede von euch hat dafür aber nur genau sieben Minuten! Dass ihr auf keine dummen Gedanken kommt, wenn eine meint sie müsste schreien, die andere würde schrecklich darunter leiden."

Bei seiner Erklärung war er zu Mona gegangen und hatte ihr die Klebebänder zwischen Händen und Füßen einfach aufgeschnitten, das über dem Mund löste er vorsichtig an beiden Enden, aber bevor er es abzog, gab er wieder eine Erklärung.

„Aufgepasst, wenn ich das hier jetzt abziehe, kann es ein wenig weh tun, also bitte schön auf die Zähne beißen und vor allem, keinen Laut!"

In der offenen Tür erschien jetzt Peter, der sich noch seine Hose hochzog und den Gürtel schloss. „Himmel, Benno, mit der würde ich zu gerne wieder zurück ins Bett!"

„Halts Maul, es reicht jetzt, ich habe nein gesagt. Pass lieber auf, dass die Hühner keinen Mist machen. Andererseits, das hier schaffe ich schon alleine, wir sollten lieber sehen, dass wir von hier verschwinden. Fahr du schon mal den Wagen in die Einfahrt."

Peter zog sich fertig an, zündete sich noch eine Zigarette an und verließ die Wohnung.

Mona hatte beim Abziehen des Tapes tatsächlich keinen Laut von sich gegeben, jetzt rieb sie sich über ihren Mund. Benno schob sie vor sich her zur Toilette.

„Für euch muss heute das Gäste WC genügen, dafür bleibe ich draußen. Gebt euch keine Mühe abzuhauen, das Fenster ist fest vergittert. Aber denkt an die Zeit."

Jojo dachte nur daran, dass Mona sich beeilen möge, da ihre Blase zu platzen drohte. Inzwischen machte sich Benno daran, ihre Fesseln zu lösen, das Entfernen des Klebebandes vom Mund scherzte höllisch, aber auch sie war still.

Mona brauchte höchstens fünf Minuten und Jojo war dankbar dafür. Sie nahm sich vor, viel Leitungswasser zu trinken, da sie Bennos Getränken kein Vertrauen entgegen brachte. Dumm, dass sie Mona nicht mehr hatte warnen können, „Hoffentlich trinkt sie nichts von dem, was die Männer ihr geben. Ich werde sie gleich einfach warnen, bevor ich den Mund wieder verklebt bekomme."

Aber als sie vor der Toilette kam, klebte ihr Benno sofort wieder einen Streifen über den Mund.

„Damit du auf keine dummen Gedanken kommst", brummte er zuckersüß, „oder möchtest du auch lieber noch etwas trinken, bevor wir fahren, schau, deine Freundin hat schon!"

‚Oh nein', konnte Jojo nur denken, ‚arme Mona, warum hat sie nicht nachgedacht.'

„Leider kann ich meinen Gästen heute kein Frühstücksbüfett anbieten, das werde ich unterwegs nachholen."

Monas Kopf hing über der Sessellehne, sie war wohl schon weg, die Droge wirkte sehr rasch. In Jojos Überlegungen kingelte es an der Haustüre.

‚Hoffentlich die Polizei!' Aber ihre Vernunft wusste, dass die nicht draußen stand. ‚Noch vermisst uns kein Mensch!'

Natürlich war es nur Peter, der mit einem schweren, langen Teil über der Schulter langsam in die Diele hineinstiefelte.

„Hallo, guten Morgen, Herr Burmester, so früh schon wach und schon wieder fleißig, bekommen sie einen neuen Teppich?"

Von draußen schallte eine helle Frauenstimme herein, blitzschnell war Benno an der Wohnzimmertüre, die er rasch zuzog. Durch das Hallen im Treppenhaus, konnte man die Unterhaltung trotzdem hören.

„Mein verstorbener Mann, Gott hab´ ihn selig, sagte auch immer, der Teppich muss an Ort und Stelle anprobiert werden, sie machen das ganz richtig. Darf ich mit reinkommen und sie beraten, ich habe einen sehr guten Geschmack. Hinterher lade ich sie auch zum Frühstück ein."

„Nein, danke liebe Frau Schrader, heute geht das leider nicht, da ich nachher noch wegfahren muss, aber das mit dem Frühstück, können wir gerne auf ein andermal verschieben."

Jojos Gedanken jagten sich: ‚Liebe Frau Schrader, komm ins Wohnzimmer, schau doch wenigstens einmal um die Ecke, bitte, bitte.'

Natürlich konnte wurden ihre Gedanken nicht erhört, die Haustüre schloss sich wieder und die Männer legten den Teppich in die Diele.

Peter lachte, „die alte Schrulle, willst du einladen, sag mal, wo ist dein Geschmack geblieben?"

„Hast du nicht ihre Klunker gesehen, der gehört dieses Haus und noch einige andere, der würde ich gerne noch ein paar schöne Jahre gönnen und dann beim Ableben behilflich sein. Im Alter soll man ja nicht mehr so belastbar sein!"

Die Männer glucksten vor Lachen.

Jojo überlegte, was ihre Peiniger wohl vorhatten, als Benno kam und Mona einfach auf den Arm nahm und heraustrug. Dann hörte sie undefinierbare Geräusche aus den Flur, erneut die Haustüre, … Ruhe … und erneutes Rumoren in der Diele.

Bis auch sie geholt wurde, in die Diele, sie musste sich auf den ausgelegten Teppich legen und wurde ganz einfach … eingerollt! Dann merkte sie, wie die Männer sie hochhoben und heraustrugen. Etwas unsanft wurde sie in einem hallenden Raum abgeworfen. Der Staub und die Wolle vom Teppich wollten ihr in die Nase steigen und reizten sie zum Niesen.

„Kann man mit verklebtem Mund niesen?" fragte sie sich. Ja man kann, musste sie unangenehm feststellen. Aber gleichzeitig hörte sie das heftige dumpfe Zuschlagen einer Tür. Dann war wieder Ruhe, eine halbe Ewigkeit lang, zumindest kam es ihr so vor. Irgendwann schwankte dann der Boden unter ihr ein klein wenig, sie hörte ein brummendes Geräusch, das Starten eines Motors, stellte sie fest und das Schwanken verstärkte sich. Sie fuhren!

‚Wohin die uns wohl bringen werden, oh lieber Gott, hilf mir doch und Mona! Ob Mona auch hier drinnen ist?' Eingerollt im Teppich, konnte sie sich kein bisschen bewegen und die Atemluft war staubig, dann das Ganze auch nur durch die Nase, sie fühlte sich grässlich. Es dauerte eine ganze Weile, dann wurden die Geräusche gleichmäßiger, das Schwanken hörte fast ganz auf.

‚Wir sind auf der Autobahn.'

Es war eine einfache Feststellung. Nach einer ganzen Weile fing sie an schläfrig zu werden, die unruhige Nacht, in der sie lange versucht hatte, sich die Klebebänder zu lösen und die stickige warme Luft, taten ein übriges. Als sie wieder erwachte war alles ruhig. Das Fahrzeug stand und der Motor war aus. Anscheinend standen sie auf einem Parkplatz, man konnte Türen schlagen hören, Stimmen von außen drangen zu ihr herein. Motorengeräusche die sich wieder entfernten und welche, die plötzlich abstarben. Irgendwann wurde der Motor ihres Fahrzeugs wieder gestartet und die Fahrt ging weiter.

,Ihr könntet wenigstens mal nach uns schauen, was wäre, wenn wir in diesem blöden Schlauch ersticken? Wahrscheinlich scheiß egal! Sicher würden wir dann im nächsten Wald abgekarrt. Wenn ich mich tot stellen könnte – ach vergiss es!

Upps, die halten ja schon wieder an, was kommt jetzt wohl wieder?'

Tatsächlich öffnete sie die Türe und Jojo wurde aus ihrem Teppich gerollt.

„Ich hatte doch ein Frühstück versprochen, ich halte meine Versprechen. Komm mit, du darfst bei mir weiterfahren."

Jojo setzte sich langsam auf, sie musste sich erst einmal ans Licht gewöhnen, schnell sah sie sich um. Sie saß im Laderaum eines Transporters, auf mehreren zusammengerollten Teppichen, in denen aber keine Mädchen versteckt sein konnten, es sei denn, die wären dünn, wie die Bleistifte. Aber rechts neben ihr, lag ein etwas dickerer Teppich – Mona?

„Jetzt komm schon, zweimal biete ich dir diese Luxusfahrt mit Chauffeur nicht an."

„Was ist mit Mona?"

„Ah, ich hatte schon fragen wollen, Mona heißt die Schöne also, aber ich will dich nicht beleidigen, du hast dich auch sehr zu deinem Vorteil verändert. Was deine Freundin betrifft, die lassen wir schön hier, denn die wird noch eine Weile weiter schlafen."

Benno half ihr aus dem Transporter heraus und zu einem anderen Auto zu gehen, sie fühlte sich dermaßen taumelig auf den Beinen, dass sie fürchtete ohne Stütze umzufallen. Das andere Auto war ein großer, wie es aussah, recht geländegängiger dunkler Wagen, auf dessen Beifahrersitz sie jetzt gesetzt und angeschnallt wurde. Peter schloss die hinteren Türen des

Lieferwagens, er sah Benno skeptisch an und meinte:
„Findest du wirklich, dass es eine gute Idee ist, wenn sie
bei dir mitfährt?"
„Ja, das finde ich wirklich, sie soll mir doch erzählen, wie
es ihr im letzten Sommer ergangen ist und wieso sie
wieder nach Hause gekommen ist. Die hier weiß
sowieso schon zuviel, die müssen wir soweit
wegpacken, dass sie nie wieder wegkann!"
„Worauf du dich verlassen kannst, von dort, wo ich diese
da hinbringen werde, ist noch keine abgehauen.
Weswegen auch, euch Mädchen geht es doch gut, habt
alles was ihr wollt. Jetzt komm endlich weiter, wir
müssen rechtzeitig an der Fähre sein, meine Überfahrt
ist gebucht."
Peter schwang sich wieder hinters Lenkrad und fuhr
langsam an.
Auch Benno saß schon hinterm Steuer und strahlte sie
geradezu an.
„Was bin ich froh, dass du ausgerechnet mir wieder in
die Arme gelaufen bist ich bin ein richtiger Glückspilz!"
„Deine gute Laune kotzt mich an!" Jojo war ganz
erschrocken, hatte sie das jetzt laut gesagt, sie wusste
doch, wie schnell wütend Benno werden konnte. Aber all
die Zeit waren so viele Gedanken durch ihren Kopf
gejagt und viele davon hätte sie gerne laut heraus
geschrieen. Sie warf einen Blick nach links, aber sein
Lächeln um die Mundwinkel war nicht verschwunden.
„Wo bringt ihr uns eigentlich hin, was habt ihr mit uns
vor?" wagte sie jetzt weiter zu fragen.
„Da, wo ich dich hinbringe, wird es dir gut gefallen, du
wirst schöne Kleider haben, du wirst verwöhnt werden,
eine schöne Wohnung haben, schönen Schmuck, alles
was du willst. Du musst nur ein kleines bisschen nett
sein."
„Das will ich aber nicht "

„Das wirst du schon lernen. Die meisten Mädchen lernen das.“
„Und wenn nicht?“
Benno zuckte mit den Achseln.
„Kannst du mir nicht sagen, wohin ihr mich bringt?“
„Wir nicht, sondern nur Peter, wenn möglich wird er dich nach Perm bringen, aber das wird noch abgeklärt werden.“
„Und wo bitte, ist dieses Perm?“
„Das werd ich dir jetzt nicht sagen, du wirst es schon noch herausfinden, aber du wolltest doch frühstücken, auf dem Rücksitz liegt etwas zu essen und zu trinken.“
Jojo überlegte fieberhaft, was sie unternehmen könnte, ihn beknieen sie beide freizulassen? Darauf würde er mich Sicherheit nicht eingehen. Ihr fiel kein Vorschlag und kein gutes Argument ein. Ihre einzige Chance war, in einem günstigen Moment zu flüchten, notfalls auch ohne Mona, um Hilfe zu holen. Oder unterwegs jemanden auf sie aufmerksam machen, aber wie und womit. Sie hatte einmal gelesen, dass jemand, der entführt worden war, durch kleine beschriebene Zettelchen gefunden wurde. Sie hatte allerdings weder Zettelchen, noch etwas zu schreiben, aber sie würde Augen und Ohren offen halten – es musste eine Lösung geben!
Auf der Rückbank fand sie belegte Brötchen mit Salat, Tomate und Käse. Herzhaft biss sie hinein und merkte beim Kauen, wie hungrig sie war.
Sie warf einen Blick auf das Armaturenbrett auf der Suche nach einer Uhr. Sie fand eine und stutzte, was, es sollte erst elf Uhr sein. Sie hätte bestimmt gedacht, dass es schon weit nach Mittag sei.
Benno hatte ihr sogar eine Dose Coca Cola mitgebracht, die konnte sie mit Genuss trinken. Hinterher knetete sie die leere Dose in den Händen, ob daraus wohl eine

Waffe gebastelt werden könnte? Wahrscheinlich schon, aber nicht ohne Hilfsmittel.

„Ich muss mal auf Toilette!"

„Geht in Ordnung, aber du wirst noch ein wenig Geduld haben werden."

Übers Handy rief er Peter an und sagte ihm Bescheid. Zum Glück dauerte es nicht sehr lange, bis beide Fahrzeuge nach rechts ausscherten und zu einem Toilettenhäuschen fuhren. Jojo schaute sich fieberhaft auf dem Parkplatz um, aber ausgerechnet hier, war keine Menschenseele.

„Beeil dich, schnell raus mit dir, wie gesagt, wir haben deine Freundin. wenn es zu lange dauert, oder du meinst fliehen zu können, oder irgendwen anquatschst ist Mona dran."

In der Toilette steckte sie sich einen Streifen Toilettenpapier ein, jetzt hatte sie wenigstens etwas, worauf sie schreiben konnte.

Draußen fing es kräftig an zu regnen und Jojo beeilte sich tatsächlich, um wieder ins Trockene zu kommen. Im Auto nahm sie sich vor, endlich auf alle kleinen Details zu achten, bisher hatte sie alle Richtungsschilder und Kilometerangaben ignoriert, so konnte sie noch nicht einmal sagen, wo sie sich befanden. Schon bald stellte sie fast, dass die nächste größere Stadt Münster sein würde, auch die Entfernungen nach Bremen und Hamburg waren angegeben. Also befanden sie sich auf der

A 1 in Richtung Norden.

Vor ihr auf der Autobahn tanzte der Transporter, mit der Aufschrift Sprinter und in einem Teppich eingerollt, lag die bewusstlose Mona.

„Wie lange wird Mona noch schlafen und was habt ihr in ihr Trinken getan?"

„Schlafen wird sie noch eine ganze Weile, ist auch gut so, aber das Rezept für den Dauerschlaf ist geheim, das

kann ich nicht verraten. Wenn ich ehrlich sein soll, muss ich zugeben, dass ich es selbst nicht weiß, für solche Sachen ist unser spezielles Labor zuständig."
Er grinste sie anzüglich an. „Es ist gut, nicht wahr?"
„Es ist Scheiße, es macht tierische Kopfschmerzen und ich hatte einen wochenlangen Gedächtnisausfall."
Jojo prägte sich ganz genau das Kennzeichen des Transporters ein: HH-XK-14 und wenn sie die Gelegenheit dazu bekam, wollte sie auch auf das Kennzeichen des Geländewagens achten. Bisher hatte sie den Wagen immer nur von der Seite gesehen.
Benno war gesprächig und recht mitteilsam, wie es schien, das sollte sie ausnutzen, es gab auch einiges, was sie gerne wissen wollte.
„Die ganzen Mails, die kamen tatsächlich alle von dir?"
„Ja, die haben dir doch gefallen, oder nicht. Wenn ich noch etwas verbessern könnte - ich bin dankbar für jeden Tipp."
Glaubte der wirklich, sie würde ihm noch Verbesserungstipps verraten? Der war doch nicht ganz dicht! Wenn sie jedoch ehrlich war, musste sie gestehen, dass es nichts zu verbessern gab.
Sie konnte sich noch gut an seine Mails erinnern, die Sprache war sehr jugendlich gehalten. Die Worte kurz, extra falsch geschrieben und so wie man sie aussprach. Viele Endungen waren mit z statt mit s und alles im richtigen Stil. Später, als sie sich etwas beschnuppert hatten, wurden die Briefe etwas romantischer und ausführlicher, weicher in Stil und Schreibweise.
Immer war es genau so, als ob er ihre Gedanken lesen konnte, ihre Wünsche ahnte. Deswegen hatte sie sich damals so vertraut mit ihm gefühlt, dabei war das alles ein abgekartetes Spiel für ihn gewesen.
„Wieso kannst du so schreiben, ich habe dich für einen Jugendlichen gehalten."

„Danke, für das Kompliment, so zu schreiben kann man lernen! Zuerst liest man es sich an, in Foren und anderen Seiten, dann wird man automatisch mit der Zeit immer besser. Außerdem gibt es im Netz viele Seiten, auf denen man alles nachlesen kann, richtige Übersetzungsseiten. Man kann fast alles lernen, wenn man nur will, ich hoffe, du wirst später noch einem Beispiel meiner Kunst begegnen. Dass bei dir damals alles schief gelaufen ist, war nicht alleine meine Schuld, es tut mir wirklich leid. Du musst mir noch erzählen, wie es dir in Schweden ergangen ist, hat dich jemand gefunden?"

„Nein, mich hat niemand gefunden, ich habe mich ganz alleine durchgeschlagen."

Es war ihr nicht ganz klar, warum, aber auf keinen Fall wollte sie Einar in die Sache mit hineinziehen.

Schließlich kannte sie seinen Namen und weitere Details von ihm. Bei Menschen, die so brutal waren wie Benno und Peter, denen es egal war, ob jemand in der Wildnis verreckt, die würden auch Mittel und Wege finden, um weitere Infos aus ihr herauszubekommen. Was sie dann mit Einar, als Mitwisser anstellen würden, konnte sie sich an zwei Fingern ausrechnen.

So erzählte sie Benno eine Geschichte, in der sie alleine den Bach weiter entlang gelaufen sei und schließlich in einem kleinen Dorf gelandet sei, dessen Bewohner sie versorgt und ins nächste Krankenhaus gebracht hätten. Nein, sie hatte keinen der Namen der Bewohner behalten, es hätte sich auch keiner richtig bei ihr vorgestellt, nur verschiedene Vornamen seien gefallen. Jojo hoffte inbrünstig, dass Benno ihr diese Lügengeschichte abkaufte und nicht weiter mit Fragen herum bohrte.

Um ihn abzulenken fiel ihr eine weitere Gegenfrage ein: „Warum war es dir eigentlich so wichtig, dass ich älter als achtzehn Jahre alt sein sollte? In den Mails hattest du ab und zu danach gefragt und als du mich am Bahnhof abgeholt hattest, schienst du richtig wütend zu sein."

„Du hast ein gutes Gedächtnis, kleine Jojo. Das war eigentlich nur ein psychologischer Trick. Die meisten Mädchen, die abhauen sind jünger als achtzehn, das ist auch gut so. Denn meinen Kunden gefällt es so! Wenn ich sie dann in Empfang nehme und die blöden Dinger sich beschweren, dass ich doch viel älter sei, als sie geglaubt haben. Kann ich mich auch beschweren und ihnen klarmachen, dass ich ja wohl nicht der einzige war, der gelogen hat."

Innerlich kochte Jojo vor Wut, dieser Mensch war unglaublich! All diese Informationen konnte er ihr doch nur geben, weil er seiner Sache hundertprozentig sicher war! Sie musste sich zwingen ruhig zu bleiben, so verschränkte sie die Finger ineinander und drückte sie fest zusammen.

So viel Überheblichkeit hatte sie noch nie kennen gelernt, am Ende glaubt der wirklich noch, er tut ein gutes Werk.

Die weitere Fahrt verlief schweigend, jeder schien zu überlegen, welche Fragen, an den anderen, noch offen geblieben waren. Das monotone Fahrgeräusch der Autobahn schlich sich in Jojos Kopf und beherrschte ihr Denken.

Bremen zog so an ihr vorüber, der Verkehr wurde dichter und stockend, bis er kurz vor Hamburg teils ganz zum Stehen kam. Verzweifelt versuchte sie rechts aus dem Fenster die Blicke der Fahrer auf sich zu lenken, aber keiner schenkte ihr irgendeine Beachtung. Vielleicht ist Bennos Vermieterin, dieser Frau Schrader ja doch etwas aufgefallen. Vielleicht hat sie hinter einem Fenster gestanden und beobachtet wie die Teppiche hinausgetragen wurden und dass die viel zu dick waren, wenigstens dicker und schwerer, als beim Hineintragen.

Jojo stöhnte laut auf. In ihren Gedanken, Berechnungen und Wünschen waren viel zu viele Vielleichts! Sie versuchte den Toilettentrick noch einmal, sie musste zwar noch nicht dringend, vielleicht ergäbe sich dabei eine Möglichkeit. Aber Benno sagte ihr ganz klar, dass sie sich damit bis hinter Hamburg gedulden müsse und sie sollte ihm auf keinen Fall in die Polster pinkeln. Sie legte ihre Hand auf ihre Hosentasche, in der sie die Stücke Toilettenpapier fühlte: Teil eins zu einer Idee, zu der die anderen Komponenten noch fehlten.

Die komplette Autobahn verschwand in einem Tunnel, der recht lang war. Jojo überlegte: Auf dem Rückweg mit Einar, waren sie auch durch einen langen Tunnel gekommen, aber der war doch nicht bei Hamburg gewesen? Dies war also eine andere Strecke! Aber wohin führte diese? Leider war Geographie auch eines ihrer schwachen Fächer gewesen und ihre Orientierung war gleich null. Was lag denn noch in der Nähe von Hamburg? Die Nordsee und noch …?

„Was ist das hier für ein Tunnel?"

„Der Elbtunnel, wir fahren unter der Elbe her, hoffentlich bleibt alles trocken!"

Sie blickte verständnislos.

„Das sollte nur ein Spaß sein, du machst ein Gesicht, wie sieben Tage Regenwetter, oder halt wie grad unser aktuelles Wetter. Dabei habe ich dir doch schon erzählt, welch schönes Leben dich erwartet!"

‚Meine Güte, der glaubt wirklich an diesen Mist!'

„Lass mich doch einfach gehen, ich werde dich auch nicht verraten, beim letzten Mal habe ich ja auch keine Anzeige erstattet!"

Bennos Antwort war ein wieherndes Lachen.

„Mädchen, du gehörst in dieses Leben, als wenn ich dich gehen lassen könnte. Du weißt mehr als alle zusammen, dich darf ich niemals gehen lassen. Du wirst gehütet werden, wie mein Augapfel. Selbst wenn du wegen dir keine Anzeige erstatten würdest, wegen deiner Freundin aber gewiss. An der nächsten Notrufsäule wärst du zu finden!"

Womit er natürlich recht hätte, Jojo machte sich die größten Vorwürfe:

‚Ich bin doch eine hirnverbrannte blöde Kuh, warum musste ich unbedingt ein Foto von Benno und Peter haben. Ausgerechnet Mona habe ich dafür benutzt, jetzt liegt die Ärmste seit Stunden bewusstlos in dem stinkendem Teppich.'

Sie blickte krampfhaft aus dem Beifahrerfenster, während ihre Tränen aufstiegen, immer mehr und heftiger fing sie zu weinen an. Die Nase lief und sie schniefte laut. Benno warf ihr ein Päckchen Papiertaschentücher zu und meinte: „Hör auf, ich kann Weiber, die flennen nicht ab!"

So schnell konnte und wollte Jojo nicht aufhören, sie hatte ein persönliches, moralisches Tief erreicht. Die Tempos nahm sie dankbar und putzte sich gründlich die Nase, die Tränen kamen langsam immer voran. Die große Stadt, die sie gar nicht kannte, war ihr plötzlich verhasst: ‚So viele Menschen auf einem Haufen und keiner, der uns hier helfen kann.'

Sie sehnte sich plötzlich tierisch nach ihren Feldern und dem Ausblick über die Höhen, die verschiedenen Grüntöne und vor allem, die frische Luft. Plötzlich glaubte sie ersticken zu müssen.

Dieses Gefühl vertrieb ihre Tränen, sie legte ihren Kopf fest zurück auf die Nackenstütze und atmete langsam und bewusst. Ihr Kopf wurde klarer.

‚Ich habe uns in diese Situation hineingebracht, ich werde uns auch wieder herausbringen, meine Gedanken müssen klar und überlegt bleiben, dieses Geheule nutzt keinem.'

Trotzdem hatte es ihr gut getan.

Im Radio, das die ganze Zeit dezent nebenher lief, war soeben der Wetterbericht zu hören – es sollte die nächsten Tage regnerisch und grau bleiben – und der Straßenzustandsbericht. Doch dann wurden Jojos Ohren so groß wie Rhabarberblätter: „Abschließend noch eine dringende Suchmeldung der Polizei: Seit gestern Abend wird der kleine Raphael vermisst..." tönte die Stimme der Sprecherin.

‚Nein', dachte Jojo, ‚uns vermisst noch keiner, Monas Eltern sind noch weg und meine Mutter ist auch seit heute Vormittag aus dem Haus. Wenn sie uns nicht auf den Handys erreichen, werden sie bestimmt ärgerlich sein, aber noch nicht weiter beunruhigt. So, jetzt könnte ich doch eine Toilette gebrauchen.'

Sie erinnerte Benno an sein Versprechen und der telefonierte schnell mit dem vorausfahrenden Transporter. Kurz danach setzten beide Fahrzeuge die Blinker und fuhren auf einen Parkplatz mit dem entsprechenden Häuschen.

„Wir haben jetzt fünfzehn Uhr dreißig, du hast genau fünf Minuten, wir werden in der Zwischenzeit auch nach Mona schauen. Ich muss es dir hoffentlich nicht noch einmal sagen, wenn du versuchst zu flüchten, steche ich deine Freundin ab!"

Jojo konnte nur mit dem Kopf nicken, zu gerne hätte sie etwas zum Schreiben organisiert, aber in Bennos Fahrzeug lag absolut nichts herum. So nutzte ihr das Toilettenpapier und die restlichen Tempos auch nichts. ‚Schau dich um, es muss eine Lösung geben – es muss einfach!'

Aber auch auf der Toilette war nichts, die Wände waren gefliest, Wasser kam bei Sensorkontakt automatisch, das einzige was sie extra nehmen konnte, war die flüssige Seife. Da kam ihr eine Idee, ein Versuch nur, aber vielleicht gelang es ja. Es musste vor allem schnell gehen, sie nahm eine Menge der Seife in ihre linke

Handfläche, tauchte den rechten Zeigefinger in den Brei und fing an die Wand zu beschreiben:
Hilfe - bin entführt in HH-XK-14
Sie schrieb schnell und groß und konnte nur hoffen, dass jemand kurz nach ihr, diesen Ort aufsuchen und die Schrift lesen würde und natürlich auch die richtigen Schritte einleiten würde. Das war jetzt zwar nur das Kennzeichen des Sprinters, auf ihr eigenes hatte sie noch immer keinen Blick werfen können. Das war jedoch egal, der Transporter war erst mal wichtiger.
Draußen war Benno schon am rummeckern, er holte sie an der Türe ab.
„Eine Sekunde später und ich hätte die Türe aufgetreten."
„Ich musste doch auch mein Gesicht waschen …"
‚Hoffentlich geht er nicht in die Kabine rein!'
Er nahm sie an die Hand und zerrte sie weiter, ein Reisebus steuerte jetzt auf den Parkplatz, wahrscheinlich, war das der Grund für Bennos Eile. Der Transporter war schon startklar und beide Autos fuhren weiter.
„Wie geht es Mona?" wagte sich Jojo zu fragen.
„Sie wird schon langsam wieder fit und sitzt jetzt bei Peter."
Jojo wurde ganz schwummerig, wenn sie daran dachte: ‚Bei Peter sitzen, furchtbar! Der Kerl raucht ja eine Zigarette nach der anderen, wie ein Schlot.'
Doch dann fiel ihr auch wieder ein, dass diese Gedanken jetzt wirklich nur Nebensache waren, hier ging es um ganz anderes, schlimmeres.
Auf einmal dachte sie an den Reisebus, da waren viele Menschen drinnen, die hoffentlich alle Pinkelpause machten. Sicherlich auch in die Kabine gingen, die sie benutzt hatte, mehr Glück konnte sie gar nicht haben! Innerlich freute sich Jojo riesig, plötzlich war da wieder so etwas wie Hoffnung. Die Fahrt auf der Autobahn ging

jetzt zügig voran, aber das war ihr egal. Die Hinweisschilder hatten ihr klar gemacht, dass sie bald in Dänemark einreisen würden, aber zum Glück waren die Grenzen für die Polizei keine wirkliche, dann wurde die Suche einfach den Dänen übergeben.

Jojo musste sich selbst herunter dimmen, sie glaubte schon, im Rückspiegel nach den rettenden Verfolgern Ausschau halten zu müssen. Aber sie durfte sich vor Benno nichts anmerken lassen!

Der vorausfahrende Sprinter hupte, setzte den Blinker nach rechts und wechselte plötzlich die Spur, um noch die Abbiegespur zum nächsten Parkplatz zu erwischen. Benno blieb nichts anderes übrig, als dasselbe Manöver zu wiederholen. Lautes Gehupe der anderen Autofahrer war die Reaktion.

Peter stand schon direkt am Beginn des Haltestreifens. Lautes Fluchen hatte Bennos Aktion begleitet und so riss er die Fahrertüre auf und wollte auf Peter losgehen.

„Besser konntest du die Aufmerksamkeit nicht auf dich ziehen, du Idiot, was sollte diese Aktion?"

„Soll ich die Kröte in mein Auto kotzen lassen?" fragte Peter unbewegt.

Währenddessen war die Beifahrertür aufgerissen worden und Mona fiel beinahe aus dem Sitz, in letzter Sekunde konnte sie sich abfangen. Würgend hing sie nun auf ihren Knien im nassen Gras und übergab sich. Jojo stürzte zu ihrer Freundin und strich ihr über den Rücken.

„Das kommt von dem Scheiß Betäubungszeug, das sie dir gegeben haben, hast du auch Kopfschmerzen?"

Mona schüttelte den Kopf. „Mir ist so sauschlecht, aber es kommt nichts heraus, ich habe ja auch den ganzen Tag noch nichts gegessen und getrunken."

Jojo sah finster zu den Männern hinüber, die sich anscheinend beruhigt hatten und nun in normalem Ton miteinander redeten.

„Sie hat noch nichts zu essen bekommen, ihr seit Unmenschen!"

„Wir kennen die kleinen Nebenwirkungen unseres Wundermittels, was glaubst du, wie toll sie kotzen könnte, wenn sie etwas in ihrem Magen hätte! Sei beruhigt, nachher gibt's für alle eine Pause und einen Imbiss und ihr werdet feststellen können, dass wir doch ganz nette Kerle sind. Und jetzt seht zu, dass ihr fertig werdet, wir wollen weiter."

‚Wir nicht', dachte Jojo ‚hoffentlich haben die Leute von dem Reisebus endlich die Polizei alarmiert, wäre schön, wenn endlich Hilfe käme.'

Benno hatte aus den Augenwinkeln die Mädchen im Blick gehabt und da Mona nicht mehr würgte, öffnete er an seinem Geländewagen Beifahrer- und die hintere Türe.

„Einsteigen bitte, ihr fahrt beide mit mir. Mona setzt sich besser hinten rein, da kann sie auf Wunsch, auch weiter schlafen."

Er warf ihr eine Decke auf den Rücksitz.

„Hier kannst du es dir bequem machen, bei Peters Stinkerei, kann man ja nur kotzen, doch wenn du mein Auto versaust, dann werde ich ungemütlich."

Jojo setzte sich wieder auf den Beifahrersitz und wollte ihrer Freundin über die Beine streichen.

„Die Hände behältst du besser bei dir!"

„Was soll ich schon damit anstellen, ich wollte Mona nur sagen, dass ich mich freue, dass sie hier mitfährt. Wie geht es dir jetzt Mona?"

„Mein Kreislauf ist noch total wackelig, ich habe so viel geschlafen und bin immer noch müde."

„Du kannst dich an alles erinnern?"

„An die Zeit, wo ich geschlafen habe natürlich nicht, aber gestern Abend und heute Morgen, das weiß ich schon noch."

Nach einer guten Viertel Stunde überquerten sie die Grenze nach Dänemark, Padborg stand überall auf den Schildern zu lesen. Keiner hielt sie an, keiner kontrollierte irgend etwas. Peter, der wie immer vorausfuhr, bog zwei mal nach rechts ab und sie standen an einer Tankstelle.

Benno hatte auch an einer Tanksäule angehalten, stieg aber nicht aus. Peter betankte beide Fahrzeuge und hielt sich danach noch eine Zeitlang beim Bezahlen auf. Schließlich tauchte er mit einer großen Tüte wieder auf. „Da kommt unser Abendessen! Suchen wir uns ein ruhiges Plätzchen."

Benno fuhr an den Rand eines großen LKW-Parkplatzes. Jojo war damit ganz zufrieden, die Polizei würde sie hier gut finden können, der gesamte Platz war gut beleuchtet. Von der Zeit her, wäre es auch gut möglich, dass ihre Retter so langsam mal auftauchen könnten.

Ja, inzwischen war es schon richtig dunkel geworden, das grau des gesamten Tages, hatte sich in dunkelgrau gewandelt.

Peter kam mit der Überraschungstüte und setzte sich hinten neben Mona. Sofort erfüllte sich der Innenraum mit Duft von leckerem Würstchen.

In der Erwartung, dass in jedem Moment, mit quietschenden Reifen ihre Retter auftauchen müssten, aß sie mit gutem Appetit.

Neben den Würstchen gab es auch verschiedene Sandwichs und für später auch einige Schokoriegel.

„Nimm deine dreckigen Pfoten von mir weg!"

Monas ärgerliche Stimme drang nach vorne und Benno reagierte nur mit einem müden: „Peter, dafür haben wir jetzt keine Zeit! Du wirst doch noch zwei Tage warten können. Mann, ist das ermüdend bei dem Mist Wetter so weit zu fahren, hoffentlich haben wir durch Dänemark nicht auch noch Nebel. Wann hattest du den Treff mit dem Blonden?"

„Um zweiundzwanzig Uhr in Malmö, wir können uns keine große Pause leisten, wer weiß, wie oft unsere Gäste noch pinkeln gehen wollen."

„Hätte ich geahnt, dass ich heute diese Strecke fahren muss, hätte ich gestern Abend weniger getrunken. Ich hatte für heute eigentlich andere Pläne gehabt .... Bist du sicher, dass du ab Stockholm alleine zurecht kommst?"

„Klar, das geht schon, mit unserem Plan B, hoffentlich ist der Blonde pünktlich. Lass uns weiterfahren, die Fähre wartet nicht auf mich!"

Mit großen Ohren hatte Jojo dem Gespräch der Männer zugehört, es ging also in jedem Fall wieder nach Schweden, sogar nach Stockholm und weiter. Unterwegs würden sie wohl den legendären Blonden treffen, aber soweit würden sie hoffentlich gar nicht kommen. Wo bleibt denn nur die Polizei?

Die Fahrt ging weiter, Richtung Kolding konnte sie den Hinweisschildern entnehmen. Gerne hätte sie Mona, die auf dem Rücksitz, hinter ihr, vor sich hindämmerte, etwas aufgemuntert. Doch was hätte sie ihr sagen können? Hab Geduld Mona, die Polizei wird kommen, ich habe einen Hinweis auf dem letzten Rastplatz in Deutschland hinterlassen, es dauert nur so lange, weil wir jetzt in Dänemark sind. Innerlich musste sie sich schütteln, wenn sie an den Wutanfall dachte, den Benno durch diesen Satz bekommen würde. Nur war Mona noch immer nicht wirklich ansprechbar, dieses dämliche Betäubungsmittel war wohl recht stark. Sie selbst lehnte sich auch in die Polster und döste ein wenig vor sich hin. Der gleichmäßige Brummton der Autobahn hatte sie einschlafen lassen, als sie wieder zu sich kam und auf die Schilder schaute, stand Kopenhagen als Richtungsangabe. An diesen Abschnitt konnte sie sich noch erinnern, als sie mit Einar zurückgefahren war. Er hatte sie auf die große Brücke und den langen Tunnel über, beziehungsweise unter, den Öresund aufmerksam gemacht. Ganz auf Lehrermanier hatte er ihr erklärt, dass bis vor einigen Jahren nur Fährverbindungen zwischen Schweden und Dänemark bestanden hatten und dass die Brücke eine enorme Investition bedeutet hatte, aber auch eine große Zeitersparnis brachte.

Jojo träumte noch ein wenig von der Zeit mit Einar an dem See und der Hütte, eigentlich hätte ihr Gedächtnis doch noch ein wenig länger aussetzen können. Ganz ohne Strom zu leben, hatte etwas urtümliches für sie gehabt, es war eine Herausforderung. In Deutschland würde sie das nie schaffen.

Eine, für Jojo wichtige Frage in dem kompletten Puzzle war noch nicht gelöst.

„Warum hast du mich damals eigentlich so weit weg gefahren, in dieses hinterste Eck von Schweden?"

Sie hatte sich beim Sprechen auf die Zunge beißen müssen, fast hätte sie Einar erwähnt. Jetzt sah sie Benno erwartungsvoll an und wartete, ob er wohl ihre Frage beantworten würde.

„Weil heute alles so perfekt läuft – hoffentlich – werde ich die Frage beantworten und auch damit du siehst, dass ich wirklich kein Unmensch bin. Dein Fall war mehr oder weniger ein Unfall, das kannst du mir glauben. Du hast doch auch schon von Peter gehört, dass der damals mit einem Achsbruch festsaß. Aber von vorne, die Sache ging vom ersten Moment an schief, denn eigentlich sollte dich ein anderer abholen. Nämlich der, dessen Foto ich dir geschickt hatte. Dein Aufbruch, war halt etwas sehr spontan, also musste ich dich in Empfang nehmen. Vielleicht wäre es in deinem Fall sogar besser gewesen dich einfach stehen zu lassen, aber zu spät. Ich dachte, dass ich die Sache geregelt bekomme. Ich wollte dich zu Peter bringen und war

schon fast an unserem Treffpunkt, als mich die Nachricht von seiner Panne erreichte. Was sollte ich jetzt mit dir anstellen, du warst schon recht daneben, wegen der ganzen Drogen, die ich dir immer wieder geben musste. Normalerweise brauche ich den Mädchen diese Mittelchen erst für das letzte Stück der Reise zu geben, bei dir war das anders, weil du nicht freiwillig mitkommen wolltest. Ich denke, bei dir waren es einige Dosen zuviel, wenn du zwischenzeitlich zu dir kamst, fingst du an wirres Zeug zu reden, ich merkte schon, dass da etwas nicht stimmte, dass etwas furchtbar schief lief. So war ich selber ratlos, wohin mit dir? Ich konnte dich ja schlecht zu einem Arzt bringen, so bin ich halt ohne Ziel immer weiter nach Westen und Norden gefahren. Die Gegend wurde immer einsamer, bis ich glaubte, den richtigen Platz gefunden zu haben. Es tut mir leid, dass ich dir mit der Brechstange auf den Schädel geschlagen habe, denn ich bin wirklich kein Mörder. Aber in diesem Fall …, was sollte ich tun?"
Benno erwartete wohl keine Antwort, die würde sie ihm auch nicht geben, sie saß sprachlos neben ihm, der Kerl war echt unglaublich und nicht in Worte zu fassen.

Das restliche Stück durch Dänemark verlief ereignislos, die Mädchen wurden auf einem ruhigen Rastplatz zu einer weiteren Pippipause aufgefordert. Der Verkehr nahm um Kopenhagen zu, danach folgten, jetzt in umgekehrter Reihenfolge, Tunnel und Brücke, schließlich kam die Mautstation und sie waren in Schweden. Warum haben die Polizisten nicht an der Mautstation auf uns gewartet, da musste Benno eh anhalten, um mit seiner Scheckkarte zu bezahlen, das wäre doch so easy gewesen. Wahrscheinlich funktionierte der Austausch unter den Staaten doch nicht so problemlos und schnell, wie sie gedacht hatte. Aber jetzt hier in Schweden sollten sie Peters Auto wohl finden und anhalten. Dumm eigentlich , dass jetzt beide Mädchen in Bennos Wagen mitfuhren, das warf ihren ganzen Plan durcheinander. Was sollten ihre Retter in dem Wagen finden, außer einigen zusammengerollten Teppichen. Der Transport von Teppichen war nicht strafbar und Benno würde sich sicherlich schön auf Distanz halten. Es gab also nur eine Möglichkeit, eine von ihnen musste wieder in den Sprinter umsteigen, am besten sie selbst, denn Mona war so duselig, die würde den Polizeieinsatz glatt verschlafen. Die Gedanken rauschten in Jojos Kopf umher, wie sollte sie es anstellen in Peters Wagen zu kommen. In Malmö wollten die Männer sich mit dem Blonden treffen, das war direkt hinter der Grenze, musste also jeden Moment kommen. Vielleicht könnte sie vorgeben eine Zigarette rauchen zu wollen. Benno hatte Peter das Rauchen in seinem Auto nicht erlaubt, das würde er ihr wohl auch nicht erlauben. In Peters Transporter wurde so viel gequalmt, dass ihr wahrscheinlich davon schlecht werden würde, aber es war einen Versuch wert!

Als hätte er ihre Gedanken erhört, schwenkten beide Fahrzeuge nach rechts auf einen Parkplatz aus. Ziemlich am Ende des Platzes ganz rechts hielten Benno und Peter an und stiegen aus. Jojo ergriff die Gelegenheit, ihrer Freundin von ihrer Tat zu erzählen, doch Mona war so unmotiviert dass sie nur murmelte: „Lass mich einfach weiterschlafen, uns findet hier doch keiner, ist doch auch egal. Peter hat gesagt, wir würden es schön haben und ich würde nach Sankt Petersburg kommen.“

Jojos Kinnlade klappte herunter. „Wohin? Sankt Petersburg, ist das nicht in Russland, das darf doch nicht war sein. Mona, wach auf, wir müssen abhauen! Wir müssen uns irgend etwas einfallen lassen. Ich will nicht nach Russland. Ich werde jetzt aussteigen und schauen, was sich hier machen lässt, vielleicht kann ich hier ja noch mal auf der Toilette etwas an die Wand schreiben.“

Jojo stieg aus, draußen war es empfindlich kalt, ein scharfer Wind blies ihr um die Ohren, dafür hatte der Dauerregen aufgehört. Der komplette Parkplatz war gut ausgeleuchtet, am anderen Ende standen einige Autos. Dort gab es wahrscheinlich auch die Toilette, auf einem beleuchtetem Schild stand außerdem Touristinfo. Bevor sie sich jedoch weitere Fluchtgedanken überlegen konnte, kam ein dunkler Sportwagen über den Parkplatz geschossen und bog mit einem Quietschen in die Lücke vor ihnen ein. Jojo schaute neugierig ins Auto, ein junges Pärchen saß darin und knutschte sich ab. Dann machte sich der Fahrer frei, um auszusteigen.

‚Den werde ich jetzt einfach um Hilfe anschreien.' In aller Ruhe hatte sie aufs Nummernschild sehen können, ihr Herz hatte einen Purzelbaum geschlagen, der rasante Fahrer kam aus Deutschland und hatte ein ‚K' als Kennzeichen. Dann sah sie ihm ins Gesicht und hätte sich beinahe vor Schreck auf den kalten Asphalt gesetzt.

Jetzt wusste sie wer der Blonde war! Mit diesem gutaussehenden Mann hatte die ganze Misere angefangen. Das war der Mensch, der sich ihr beim Internet-Chat als Benno vorgestellt hatte und in den, besser in dessen charmante Briefe sie sich verliebt hatte. Immer hatte sie dieses Bild vor Augen gehabt. Das sonnengebräunte, kraftvoll-markante Gesicht, die stahlblauen Augen und die kurzen blonden Stoppelhaare. Der ganze Kerl sah auch in Natura verdammt gut aus: Eine große schlanke Gestalt, die durchtrainiert wirkte, die blendendweißen Zähne, die er sicher gerne mit einem Lachen zeigte

„Hei, Sweetheart, noch nie ´nen Mann gesehen?"

Er zeigte ein strahlendes Lächeln und meinte zu Benno und Peter: „Perfektes Timing ist alles, hat super geklappt bisher, musste zwar lange auf die Fähre warten, doch der Wagen ist ein Geschoss, der holt alles wieder raus."

„Du solltest nicht so auffällig fahren, hoffentlich bist du in keine Radarfalle getappt."

„Unauffällig fahren – schleichen - mit der Karre? Aber sonst geht's dir noch gut?"

Fest an den Geländewagen gelehnt, stand Jojo dabei, blickte von einem zum anderen und bekam nichts mehr auf die Reihe.

‚Mit wem habe ich denn nun damals geschrieben? Mit diesem blonden Benno, wäre ich damals ohne mit der Wimper zu zucken auf und davon, auf den habe ich ja auch im Kölner Hauptbahnhof gewartet. Was wäre wohl geschehen, wenn dieser hier tatsächlich gekommen wäre …'

Die Beifahrertüre des Sportwagens hatte sich inzwischen geöffnet und eine Schönheit mit langen, dunklen Haaren stieg aus und streckte sich ausgiebig.

‚Das würde ich als lasziv bezeichnen', ging es Jojo durch den Kopf.

Demonstrativ wurden die glänzenden Haare zurückgeworfen und das Mädchen, Jojo schätzte sie nicht älter als sie selbst, meinte mit einer klangvollen Stimme: „Bonsoir, je m´appelle Chalice."

Sie hing sich dem Blonden an den Hals und küsste ihm das Ohr. „Et c´est mon ami, Mel."

Jojo war wiederum sehr überrascht, als Benno dieser Chalice einen waschechten Handkuss verabreichte und ohne zu Zögern französisch mit ihr sprach. Auch der Blonde sprach scheinbar fließend, die für Jojo unverständliche Sprache.

Jojo rauchte jetzt wirklich der Kopf, sie bekam keinen Sinn, an dem Schauspiel, dass sie zu sehen bekam. Sie wünschte es käme jemand, der sie mit einer Nadel stechen würde, damit sie erwachte. Dann wünschte sie sich zu Hause in ihrem Bett zu sein. Aber natürlich kam keiner. Schlaftrunken stieg jetzt auch noch Mona aus dem Wagen und wurde begeistert von der Französin empfangen.

„Jetzt sind wir ja alle zusammen", meinte Benno mit einem Blick auf Mona, „darf ich jetzt unsere Neuankömmlinge vorstellen? Das hier ist die bezaubernde Chalice aus Frankreich und dies ist der unwiderstehliche Mel aus Köln.

Siehst du, liebe Jojo, wäre damals alles glatt gelaufen, hätte dich dieser blonde Halbgott abgeholt, mit ihm wärst du bis ans Ende der Welt gegangen. Leider war dein Abgang mindestens einen Tag zu früh gewesen. Denn dieser Herr war nicht rechtzeitig für dich von seinem Einsatz zurück. Und der nächste, in unserer Kette", er klopfte Peter auf den Rücken, „hing mit einem Achsbruch fest. Alles blieb an mir hängen und zum Dank hatte ich auch noch den Ärger am Hals, aber jetzt bist du wieder zu uns gekommen, alles ist geklärt.

Wie sieht es jetzt aus, meine Herren, sollen wir ein ruhiges Plätzchen suchen und eine kleine Runde schlafen, oder noch ein Eckchen weiterfahren?"

Die Männer beratschlagten miteinander und Jojo nutzte die Zeit, um Mona zuzuflüstern: „Schnell, jetzt, wir müssen in Richtung der anderen Autos laufen!"

Aber Mona schüttelte den Kopf. „Lauf du alleine, meine Beine sind zu schwach, sie kippen unter mir weg, wenn ich mich nicht mehr festhalten kann."

Jojo zögerte. ‚Alleine? Und wenn ich es nicht bis dort hinten hin schaffe, dieser Mel sieht verdammt schnell aus!'

In diesem Moment fühlte sie eine Hand auf ihrer linken Schulter, sie sah hinüber, es war Mel.

‚Der fühlt sich hier als Hahn im Korb!' Jojo war empört, auf seiner anderen Seite klammerte sich Chalice an ihn.

‚Das kann doch nicht wahr sein, merkt diese dumme Kuh nicht, dass sie hier reingelegt werden wird. Wenn ich nur französisch sprechen könnte …'

Mel neigte sich zur anderen Seite, um mit seiner dunkelhaarigen Schönheit zu tuscheln, daraufhin entfernte diese sich in Richtung Toilettenhäuschen. Jojo sah ihr sehnsüchtig hinterher, wie sie ihre Handtasche schwang und beim Gehen kräftig mit dem Hintern wackelte.

‚Man musste sie irgendwie warnen können!'

„Ich muss auch auf Toilette", meinte sie laut.

Benno lachte auf.

„Das könnte sie so passen, kleine Fee, du warst erst vor einer guten Stunde. Diese Chalice hier kommt freiwillig zurück, das würde ich von dir nicht denken, also bleibst du hier. Schau sie dir an, das ist wahre Kunst. Ist das Mädchen nicht ein Traum, habe ich dir zuviel versprochen?"

Er hatte sich jetzt Mel zugewandt, der grinste breit mit seinen blendend weißen Zähnen. Jojo fühlte blanke Wut in sich aufsteigen, am liebsten hätte sie jeden einzelnen dieser Zähne ausgeschlagen.

„Du hast, wie immer sehr gute Arbeit geleistet, die Kleine ist so willig, wie eine läufige Hündin. Kann ich nicht wenigstens bis Finnland mitkommen, dann hätte ich noch einen weiteren Tag mit ihr."

„Ich denke, du solltest dich bald wieder auf den Rückweg machen, diese Aggi wird bald einen Abflug machen, gestern Abend hatte sie schon so etwas angedeutet. Ich werde gleich mal meine Mails checken und sehen wie sich diese Sache entwickelt. Unser Geschäft läuft im Moment richtig gut, ich habe schon mit Peter gesprochen, dass ich gerne noch so einen wie dich hätte. Hast du keinen Bruder, den man noch mit einbauen könnte, er müsste nur halbwegs so gut aussehen wie du. Bedarf an Mädchen ist reichlich vorhanden, besonders die Französinnen sind zur Zeit sehr gefragt. Wir haben also alle Möglichkeiten unser Geschäft noch etwas auszubauen, ich werde in Zukunft nur noch die Koordination machen, wenn du eine Hilfe bekämst, könnten wir die doppelte Kohle machen."

Der Blonde grinste noch immer. „Wenn du deinen Part weiterhin so ordentlich erledigst, wie bisher, soll mir alles recht sein. Wie sieht die Sache mit Peter aus, schafft der dann die extra Fahrten? Oder muss er auch entlastet werden?"

„Gute Frage, für diese Sache würde ich nicht gerne noch jemanden einstellen. Peter kennt die finnisch-russische Grenze wie kein zweiter, das ist unsere empfindlichste Stelle. Um ihn zu entlasten, müssten wir ihm weiter entgegen kommen. Statt Stockholm könnten wir Helsinki als Übergabeort wählen, das würde zum Beispiel heute, ja auch deinen Wünschen entgegen kommen."

Mel verstärkte den Druck auf Jojos Schultern, er merkte wohl, wie sehr sie am Zittern war, aber nicht vor Kälte, sondern die pure Wut lies sie beben.

Für diese Männer war Mädchenhandel ein ganz normales Geschäft! Es war unfassbar.

„Ihr seit einfach abscheulich, redet über Mädchen, als ob wir nur irgendeine Handelsware wären, es ist euch scheiß egal, was mit uns geschieht ..."

Jojo hatte sich richtig in ihren Wutanfall gesteigert, sie wäre gerne richtig laut geworden, so dass es bis zum anderen Ende des Parkplatzes zu hören gewesen wäre. Es war ihr alles so zuwider, die apathische Mona, früher hatte sie nur so gesprüht vor Lebenslust, jetzt fing sie zu weinen an. Auch diese Französin, die sich freiwillig ins Unglück stürzte, gerade kam sie strahlend und in bester Laune von der Toilette zurück. Schuld daran waren nur diese Männer, die so sehr von sich überzeugt waren, dass ihr davon übel wurde.

Benno nahm ihre beiden Hände und führte sie wie ein kleines Kind zum Geländewagen, dessen Türe er öffnete und schob sie wieder auf den Beifahrersitz. Ohne ein Wort folgte Mona auf den Rücksitz und schnallte sich an, auf Jojo wirkte sie wie eine Schlafwandlerin. Wieder hörte sie Bennos Stimme: „Habe meine Hühner wieder in Sicherheit verstaut! Mel, wie wäre es, wenn du mit deiner Flamme noch ein wenig herummachst, damit Peter ein wenig Deckung bekommt?"

„Soll er hier die Schilder wechseln?"

„Natürlich, wo sonst? Hier ist es schön hell und oftmals bringt das Arbeiten in der Öffentlichkeit die größte Anonymität. Ich rufe jetzt meine Mails per Handy ab, damit ich weiß, wie weit diese Aggi inzwischen ist."

Er kramte sein Handy heraus und arbeitete daran. Jojo verrenkte sich beinahe den Hals, um sehen zu können, was Peter mit welchen Schildern machen sollte.

Leider konnte sie nur Mel und Chalice bewundern, die beinahe ineinander krochen.

Brennende Wut und grenzenloser Hass durchströmten sie. Drei Monate lang hatte sie damals die tollsten Mails von Benno bekommen, immer hatte sie geglaubt, dass ein junger gutaussehender Mann es ehrlich mit ihr meinte. Nein, nicht immer, am Anfang war sie auch skeptisch, aber je länger der Kontakt dauerte, um so vertrauter wurde sie. Wenn damals in Köln wirklich dieser Mel oder Benno, sie war jetzt ganz durcheinander, wie hieß dieser Blonde denn jetzt in Wirklichkeit. Einerlei, wahrscheinlich war auch Mel nicht sein richtiger Name. Jedenfalls, wenn dieser Blonde sie abgeholt hätte, sie wäre dahingeschmolzen und wäre ihm gefolgt bis ans Ende der Welt, genau wie diese Französin. Aber sie wusste jetzt Bescheid und sie würde ihr Wissen einsetzen. Sie würde fliehen, auch wenn das bedeuten würde Tausend Kilometer zu laufen!

Was dachten sich diese Männer eigentlich, sie würde gewiss nicht das tun, was die wollten.

Wie lange brauchte die deutsche Polizei eigentlich, um ihre ‚Entführt' Meldung an die Nachbarländer weiterzugeben? Das konnte doch nicht so lange dauern, der Schriftzug war doch lesbar gewesen. Der Dreck auf der Wand, war von der Seife gelöst worden und hatte sich verschreiben lassen. Sie hatte das Bild noch vor sich, es war nicht super deutlich, aber es war zu sehen gewesen. Die Autobahn führte von dort geradewegs nach Dänemark und eine Weiterfahrt nach Schweden konnte man doch auch annehmen. Jetzt war diese Sache ihre einzige Hoffnung auf Rettung und die wollte sie sich nicht nehmen lassen.

Plötzlich ertönte ein Hupen, Peter war anscheinend fertig mit seiner Aktion. Mel schwang sich schon in den Sportwagen, Benno legte sein Handy zur Seite und los ging der Konvoi ins Dunkle. Mel fuhr vorne weg, Benno machte das Schlusslicht. Jojo legte den Kopf zurück und döste noch ein wenig vor sich hin.

‚Wer weiß was die Nacht noch bringt‘, dachte sie ‚ein ausgeruhter Mensch ist aufnahmefähiger und reaktionsschneller.‘

Sie hatte die Augen schon geschlossen gehabt, als ihr Gehirn plötzlich einen Fehler meldete, was hatte sie im Unterbewusstsein registriert?

Blitzschnell war sie wieder hellwach und sah sich um. Mona schlief schon wieder, Benno wirkte noch recht munter und versprühte, auch ohne Worte, immer noch ein wenig von seiner besten Laune. Er ekelte sie an, schnell schaute sie woanders hin, vor ihnen schaukelte der Transporter über die Autobahn, die im großen Bogen um Malmö herum führte. Sie wollte schon nach links in Richtung erleuchtete Stadt schauen, als die Fehlmeldung erneut Alarm in ihrem Kopf schlug.

Der Transporter! Sie schaute genauer hin. Tatsächlich, ihre einzige Hoffnung schwand dahin, wie eine Seifenblase. Das war ja eine schöne Bescherung! Statt wie bisher mit dem bekannten Hamburger Kennzeichen, blinkte vor ihr plötzlich ein völlig unbekanntes Nummernschild auf.

‚Langsam', befahl sich Jojo, ‚das kann doch nicht sein, das ist bestimmt ein anderes Auto, das werden wir sicherlich überholen und dann …'

Nein, sie dachte nicht weiter, denn Benno blieb schön hinter dem Fahrzeug und fuhr im gleichen Stil weiter.

„Was zum Kuckuck ist denn das für ein Kennzeichen?" Ihre Stimme war ein ungewollter Flüsterton geworden, Benno sollte ihre Gedanken nicht hören, hatte er aber jetzt doch.

„Das ist ein finnisches Kennzeichen."

„Und was soll das bringen?"

„Oh, Madame ist neugierig? Ein finnisches Nummernschild fällt hier und in Finnland doch viel weniger auf, als ein deutsches."

In Jojo brach etwas zusammen, ihre letzte und einzige Hoffnung war dahin, die Hilfe, auf die sie wartete, konnte sie nun nicht mehr finden. Fassungslos schaute sie auf das finnische Nummernschild, als ob sie es hypnotisieren wollte, natürlich blieb das fremde Kennzeichen. Ob Benno Wind von der Sache bekommen hatte? Aber woher denn, das konnte doch wohl nicht sein. Kurz sah sie in sein Profil, er war aufs Fahren konzentriert und machte, wie schon den ganzen Tag einen zufriedenen Eindruck.

„Was sollen wir eigentlich in Finnland?"

„Gar nichts, nur durchfahren, um nach Russland zu kommen!"

„Ich will aber nicht nach Russland!"

„Das habe ich mir beinahe gedacht, aber es wird dir dort gefallen, ich habe dir doch schon einmal gesagt, dass du dort alles haben wirst, was du brauchst. Schöne Kleider und Schmuck …"

„Das will ich nicht, ich will nach Hause! – Mona es tut mir so leid, verzeih mir …!"

Jojos Nerven klinkten sich aus, obwohl der Wagen mit gut hundertzwanzig Stundenkilometern über die

Autobahn fuhr, versuchte sie energisch die Beifahrertüre zu öffnen. Jetzt riss sie mit beiden Händen an dem Hebel, aber die Türe blieb verschlossen.

Benno lachte, was Jojos Wut ins Unendliche verstärkte. „Kleiner Umbau aus sicherheitstechnischen Gründen. Was glaubst du, wie du aussiehst, wenn du bei der Geschwindigkeit aussteigst. Es kommt immer mal wieder vor, dass eine die Nerven verliert und nicht mehr mitspielen will, so wie du jetzt gerade."

Jojo fiel im Sitz in sich zusammen und heulte jetzt hemmungslos, ihr ganzer Körper zitterte und bebte.

Nach einer Weile kam Monas Hand von hinten und strich ihr langsam über den Kopf, die Berührung war leicht wie ein Vögelchen. Auch Monas Stimme war nur ein leises Flüstern.

„Jojo, du sollst wissen, dass ich dir keine Schuld gebe. Ich habe dich den ganzen Tag so sehr bewundert, du warst so tapfer und stark, du hast gekämpft, so wie du konntest, auf deine Art. Während ich mich ganz klein und hilflos gefühlt habe."

Jojo musste ihre Tränen bekämpfen, um antworten zu können.

„Das ganze ist aber alleine meine Schuld. Hätte ich mich damals nicht auf diesen dummen Chat eingelassen und hätte ich von dir nicht verlangt die Fotos zu machen, wäre noch alles in Ordnung."

„Vielleicht Jojo, möglicherweise aber auch nicht, mach dich doch jetzt nicht so fertig mit deinen Vorwürfen. Und bitte, hör auf zu weinen, sonst muss ich auch wieder anfangen."

Jojo schniefte noch eine Weile vor sich hin und ergab sich ihrem Schicksal. Irgendwann war sie auch wieder eingedöst, ihre Träume waren wirr und durcheinander, unterlegt vom Rauschen der Autobahn und dem Warngeräusch, wenn Benno über einen Randstreifen fuhr. Sie hatte das Gefühl von einem schwarzen Nichts aufgesaugt zu werden, dabei flog sie durch einen Tunnel, immer schneller.

Bis die Fahrgeräusche plötzlich aufhörten und als sie die Augen aufschlug, sah sie, dass der komplette Konvoi sich mal wieder an einer Tankstelle befand. Genau wie beim letzten Mal, blieb Benno sitzen und Peter betankte beide Autos. Bennos Laune hatte sich nach ihrem Fluchtversuch scheinbar verschlechtert, vielleicht war er auch nur einfach müde, denn er blaffte die Mädchen ziemlich derb an: „Pinkeln könnt ihr hier nicht, presst einfach eure Beine etwas fester zusammen."

Und weiter ging die Fahrt, wann hatten die Männer vereinbart, immer weiter durch die Nacht zu fahren? War nicht die Rede von einer Pause und Schlafen gewesen. Nicht, dass sie Schlaf nötig hätte, nein, sie konnte den Kopf zurücklegen und die Augen schließen.

Aber die Fahrer konnten das nicht, die mussten sich konzentrieren, zwar war kaum Verkehr auf dieser schwedischen Autobahn. Wie lange war es möglich ohne große Pause zu fahren. Immer wieder las man doch von LKW Unfällen wegen Übermüdung des Fahrers. Wenn Benno doch nur einschlafen würde, sie hätte nichts dagegen mit hohem Tempo gegen einen Brückenpfeiler zu krachen. Der Geländewagen sah recht stabil aus, der konnte einen Bums vertragen, ohne alle Insassen zu zerquetschen. Sie wollte nur, dass diese mörderische Fahrt endlich ein Ende nehmen sollte. Doch alle Brücken samt Pfeiler zogen wohlbehalten an ihnen vorüber, sie konnte es sich noch so sehr wünschen.

Benno fuhr weiter durch die Nacht, auf allen Hinweisschildern las sie immer wieder E 4 und Stockholm.

Mitternacht war lange vorüber, als der Sportwagen auf einen Parkplatz ausscherte, die beiden anderen natürlich hinterher. Chalice und Mel stiegen aus und verschwanden beide ins Dunkel.

„Wenn ihr müsst, könnt ihr auch aussteigen, leider gibt's für euch aber nur ein Plätzchen im Licht. Ich habe keine Lust euch im Dunkeln hinterher zu laufen und eine Pippibox gibt's hier auch nicht, steckt euch also ein Tempo ein."

Mona machte keine Bewegung, ob sie im Auto bleiben wollte? Jojo war entschlossen jede noch so kleine Möglichkeit zur Flucht zu nutzen, leider schien Benno das zu wissen.

Peter hatte den Stopp auch genutzt, Reißverschluss schließend trat er wieder zurück ins helle Scheinwerferlicht.

„Komm Mona, wer weiß wann die nächste Möglichkeit ist."

Benno zeigte den Mädchen einen Platz, der von einer Seite gegen unerwünschte Einsichten geschützt war, ihm jedoch die Kontrolle ermöglichte.

Es war Jojo total peinlich, sich bei ihrem ‚Geschäft' beobachtet zu wissen, es half nichts und Benno wusste genau, dass sie die Chance genutzt hätte ins Dunkle wegzulaufen. Irgendwohin, egal, nur weg, sich verstecken, die Nacht ausharren und nach Einbruch des Morgens Hilfe suchen.

Mona schlich schon wieder zum Wagen zurück, Jojo war erschüttert, ihre Freundin kam ihr vor wie eine Aufziehpuppe. Jetzt war das Rädchen wieder abgelaufen und sie verzog sich brav wieder auf ihren Platz und hielt still. Den ganzen Tag hatte sie im Halbschlaf verbracht und kaum geredet.

Mona, die sonst nicht stillhalten konnte und immer wieder aufgefordert werden musste, doch endlich auch mal den Mund zu halten!

Es kotzte sie immer mehr an! Leider blieb auch ihr nichts anderes übrig, als sich brav wieder auf ihren Platz zu setzen und zu merken, dass die Zeit langsam ablief. Diese Gauner hatten einen ganz konkreten ausgeklügelten Plan, den sie schon oft praktiziert haben mussten, denn alle verstanden sich ohne viele Worte. Benno hatte nur ein ‚Fahren wir weiter?' in die Nacht gefragt, die Männer hatten ihre Motoren gestartet und die Fahrt ging immer weiter.

‚Was mag dieser Mel wohl seiner Chalice erzählen?' fragte sich Jojo, ‚wir seien ihre künftigen Spielkameradinnen? Welche Lüge bekommt sie vorgesetzt, damit Monas und meine Anwesenheit logisch erscheint?'

Straßenschilder rauschten an ihr vorüber, die Nacht draußen war stockdunkel, von der Landschaft war nichts zu erkennen. Einige Zeit hatte sie gemeint an einem großen See, oder Fluss entlang gefahren zu sein, denn auf der linken Seite warfen die Scheinwerfer glitzernde Reflektionen, wie von einer Wasseroberfläche zurück. Dann fiel ihr auf, dass viele größere Städte, in deren Richtung sie fuhren alle mit …köping endeten. Sie saugte all diese Kleinigkeiten in sich auf, die Informationen konnten ihr nützlich sein, wenn sie sich ihren Weg zurück suchen musste. Nach Stockholm waren es mittlerweile kaum mehr als einhundert Kilometer zu fahren, sie schaute auf die Uhr, die Zeiger zeigten drei Uhr dreißig an.

Was würde sie als nächstes erwarten? Egal, was immer diese Verbrecher mit ihr vorhatten, sie würde wachsam bleiben und auf ihre Chance warten. In etwa einer Stunde konnten sie in Stockholm sein, sie wollte die Augen noch etwas schließen, um für alle Fälle ausgeruht zu sein.

Diesmal hatte sie nicht das Halten des Wagens geweckt, sondern die Tatsache, dass sie heftig in ihrem Sitz verrutscht war. Benno war eine scharfe Rechtskurve gefahren. ‚Eine Ausfahrt', dachte Jojo, ‚aber hier sind wir doch wirklich im Nichts, von einer Stadt ist absolut nichts zu sehen. Außerdem sind gerade erst vier Uhr, wir können noch nicht in Stockholm sein.'

Jojo konnte vor sich nur den Lieferwagen sehen, dessen hintere Türen jetzt beide von Peter geöffnet wurden. Von Mel und Chalice war keine Spur zu sehen. All ihre Sinne standen auf Alarm: ‚Was geht hier jetzt ab?' fragte sie sich.

Dann kam Peter zum Geländewagen, öffnete die hintere Türe und rutschte neben Mona auf den Rücksitz.

„Ihr seid sicher durstig."

Seine Stimme klang wie immer, etwas hart, aber normal. Er reichte Mona eine kleine Plastikflasche mit einem orangefarbenem Getränk, es sah nach Limonade aus. Natürlich war sie durstig, seit Stunden hatten sie nichts mehr zu trinken bekommen. Doch plötzlich schoss es ihr wie ein Pfeil durchs Gehirn.

„Trink nichts davon Mona!"

Sie warf sich im Sitz herum, nach hinten und wollte ihrer Freundin die Flasche aus der Hand reißen, doch zu spät! Mona hatte schon angesetzt, wie eine Verdurstende und die Hälfte des Inhaltes geleert. Angeekelt gab Mona den Rest des Getränks an Peter zurück, der grinste und die Flasche nach vorne zu Jojo hielt.

„Wenn du glaubst, dass ich davon auch nur einen Schluck trinke, dann hast du dich schwer getäuscht."

„Stell dich nicht so an, Kleine, es ist doch nur zu deinem Besten."

Jojo schnappte laut hörbar nach Luft.

„Als wenn ihr Idioten wegen unseres Wohlbefinden besorgt wärt, euch geht es doch nur um euer Geschäft."

Vor lauter Wut fehlten ihr die richtigen Worte, sonst hätte sie den Männern noch andere Dinge an den Kopf geworfen, außerdem war sie sehr irritiert, dass beide Männer am Lachen waren.

Benno stieg ohne weitere Worte aus, kam zur Beifahrertüre, die er öffnete und zerrte sie aus dem Sitz.

Peter stieg ebenfalls aus und legte sich die schon bewusstlose Mona auf die Schulter. Das widerliche Tape kam wieder in Aktion und wurde über Monas Mund geklebt.

„Ihr spinnt doch! Was ist wenn sie wieder brechen muss, sie kann doch sowieso nicht reden – Macht das Band wieder ab!"

Die Männer ließen sich von ihrer Schreierei nicht beeindrucken, statt dessen kam nun auch noch Mel dazu. Er schlenderte ganz gemütlich heran und lehnte sich an den Lieferwagen, als ob es etwas interessantes zu bewundern gäbe.

Benno legte ihr jetzt doch eine Hand über den Mund und zischte: „Halt jetzt endlich dein Maul!"

Jojo spürte Schotter unter ihren Füßen und hätte sich gerne losgerissen um endlich fliehen zu können, aber Bennos Griff war erbarmungslos fest.

Mel half jetzt Peter dabei, Mona wieder in einen Teppich einzurollen.

„So, Nummer eins hätten wir …, was ist jetzt mit dir, wenn du nicht freiwillig unseren Superdrink nimmst, es geht auch mit Gewalt …! Glaube mir, das wäre wirklich das beste für dich. Alleine die Überfahrt dauert elf Stunden plus An- und Abfahrt, so lange kannst du dich nicht bewegen, essen, trinken, nichts. Wir bekommen dich so oder so ruhig gestellt."

Jetzt hielt Benno die Flasche vor Jojos Nase, sie drehte energisch den Kopf zur Seite. Sein nächster Versuch bestand darin, ihr die Flasche in den Hals stecken zu wollen. Mel half ihm dabei und drückte ihren Kiefer auseinander. Es gelang ihr rechtzeitig ihre Kehle zu schließen, zwar spürte sie die kühle Flüssigkeit in ihrem Mund, aber ihre Wut gab ihr Kraft.

Sie bekam ihren Kopf wieder frei und spuckte den Inhalt ihres Mundes mit aller Gewalt wieder heraus. Sie prustete alles über Bennos Gesicht, der sich laut fluchend abwandte und mit den Armen über sein Gesicht wischte. In diesem Moment war Peter mit dem Klebeband hinter ihr, um ihre Hände festzubinden. Wie eine Katze fuhr sie herum und kratzte mit ihren Fingernägeln durch sein Gesicht. Sie war so wütend, wie noch nie in ihrem Leben und hatte nichts mehr zu verlieren. Sie wusste, dies war ihre letzte Gelegenheit. Der Schotter unter ihren Füssen hatte ihr die Sicherheit gegeben, nicht mehr auf Autobahngelände zu sein. Das bedeutete, dass kein Zaun ihre Flucht behindern würde. Doch die Männer waren zu dritt und gaben ihr keine Möglichkeit zum Weglaufen. Und wütend waren sie jetzt auch, Benno schlug ihr mit voller Wucht ins Gesicht. Sie schaute ihn mit weitaufgerissenen Augen an, aus denen purer Hass schrie. Zu dritt schafften sie Jojo in den Laderaum des Lieferwagens, ganz links an der Seite lag der Teppich mit Mona darin.

Jojo lag auf dem Rücken, ihre Peiniger knieten über ihr, die Flasche mit dem Betäubungsgetränk war nicht mehr zu sehen. Sie glaubte sich zu erinnern, dass sie Benno bei ihrer Aktion aus der Hand gefallen war. Jetzt versuchten die Männer, sie mit dem Klebeband ruhig zu stellen. Zu zweit wurde sie festgehalten, damit Peter ihr einen Streifen über den Mund kleben konnte. Es hatte keinen Zweck, sie konnte sich noch so sehr wehren, wie sollte sie gegen diese Übermacht ankommen. Zwar gab sie noch nicht auf, mit ihren Füßen hatte sie den Männern noch etliche blaue Flecke zugefügt. Doch sie konnte nicht verhindern, dass ihre Arme an ihrem Körper festgezurrt und ebenso ihre Füße verschnürt wurden. Zum Schluss wurde auch sie wieder in einen dieser stinkenden Teppiche eingerollt.

‚Wie viele arme Mädchen wohl schon in diesem Ding entführt worden sind, es riecht, als ob mindestens eine von ihnen reingepinkelt hätte. Aber das kann mir auch noch passieren.'

114

Sie war wütend auf sich, wegen ihres misslungenen Fluchtversuchs, aber stolz, dass sie noch ihren Verstand gerettet hatte. Dumpf konnte sie die Stimmen durch den Teppich hören, sie hätte all die angewiderten Gesichter zerkratzen sollen. Ihre Fingernägel schmerzten noch immer, so sehr hatte sie Peters Gesicht zerfurcht.
Doch was ging jetzt draußen vor sich?
Zu den Männerstimmen war eine weibliche gekommen, das konnte nur Chalice sein. Was hatten sie wohl jetzt mit ihr vor. Es dauerte keine fünf Minuten, da wurde ein weiterer Teppich gerollt und Jojo war sich sehr sicher, dass nun auch die Französin betäubt und eingepackt auf ihrer anderen Seite lag. Dann wurde der Laderaum geschlossen.
Eine ganze Weile noch konnte sie Stimmen hören, bevor dann irgendwann der gestartete Motor ein Vibrieren durch den Wagen schickte, er rumpelte und schlingerte eine Weile, bis sie wahrscheinlich wieder auf der Autobahn waren. Denn ab da war wieder ein gleichmäßiges Fahrgeräusch.
Jojo hielt die Augen geschlossen, denn es war egal, ob offen oder geschlossen, es war immer so dunkel, wie in einem Grab und genau so fühlte sie sich! Erbärmlich!
Und sie ganz alleine war an allem schuld, aber auch ihre wiederholten Vorwürfe brachten nichts. Das Geschehene war nicht rückgängig zu machen.
Einen widerlichen Geschmack hatte sie im Mund, dazu ein halbtaubes Gefühl, sicher kam das von der Droge, die sie kurzzeitig im Mund halten musste. Hoffentlich wurde ihr nicht schlecht davon – oder Mona! Heute hatte sie doch schon gebrochen, nein, gestern war das gewesen, korrigierte sie sich, heute ist Sonntag.
Das monotone Fahrgeräusch ging ihr auf die Nerven, sie wollte es nicht mehr hören, den ganzen Tag schon diese Fahrerei, das war mehr, als sie ertragen konnte. Zwar

dämpfte der Teppich das Geräusch, aber das Vibrieren setzte sich in ihr fort und machte sie verrückt.

,Vielleicht wäre es doch besser gewesen, mir von diesen K.O.-Tropfen geben zu lassen, dann würde ich schlafen und bekäme nicht mehr mit, was mit mir geschieht.'

Nein, das wollte sie auch nicht, obwohl die elf Stunden auf der Fähre würden schon verdammt lange werden und sie hatte jetzt schon eingeschlafene Arme, in denen es kribbelte wie verrückt.

Irgendwann bemerkte sie dass der Wagen eine ausgeprägte Kurve fuhr und stark abbremste. Überhaupt schien es jetzt vorbei zu sein, mit der geradeaus Fahrerei, sie bemerkte die Fliehkräfte nach links und auch nach rechts. Dann musste das Fahrzeug ganz abbremsen und anhalten.

,Wir haben die Autobahn verlassen und sind jetzt wahrscheinlich in Stockholm, vielleicht an einer Ampel.'

So ging die Fahrerei eine ganze Weile weiter, bis der Motor abgeschaltet wurde. Es war eine Erleichterung für Jojos Sinne, endlich Ruhe. Sie versuchte sich trotz ihrer unbequemen Lage etwas zu entspannen und ruckelte ein wenig hin und her, mehr war nicht möglich. Doch, die Füße konnte sie noch ein wenig hin und her bewegen, den Kopf ein klein wenig drehen und das war es dann.

Nach einer sehr langen Zeit, brummte ihr der Motor erneut die Ohren voll, recht langsam und stotternd ging es voran. Es war entsetzlich so hilflos, nicht zu wissen, was geschah, sich nicht wehren zu können.

Unvermittelt veränderte sich die gesamte Geräuschkulisse, fuhren sie in einem Tunnel? Dann erstarb der Motor wieder, aber es war nicht so ruhig wie vorher. Sie musste sich in einem hallendem Raum befinden, in den andere Fahrzeuge ebenfalls fuhren und anhielten.

,Die Fähre', ging es Jojo durch den Kopf!

Als sie im letzten Jahr von Einar nach Hause gebracht wurde, waren sie auch mit der Fähre gefahren. Von Rödby nach Puttgarden, daran konnte sie sich noch recht gut erinnern. Alle Fahrzeuge wurden im Schiffsbauch geparkt und die Menschen mussten sich auf den Decks aufhalten. Hier war es sicher auch so, dass niemand in seinen Fahrzeugen bleiben durfte, wenn sie sich doch jetzt nur bemerkbar machen könnte. Doch das einzige Geräusch, das sie von sich geben konnte, war ein leise Brummen durch die Nase, das konnte draußen sicherlich keiner hören.

Ihre Lage war wirklich aussichtslos. Peter erschien ihr auch noch brutaler als Benno, der würde sie mit Sicherheit ruhig stellen, falls sie ihn nerven würde. Sie wollte sich gar nicht vorstellen, was er mit Mona anstellte, wenn kein Benno mehr da war, der ihn stoppte. Schon mehrfach hatte er ja ganz eindeutige Ideen gehabt!

Zu allem Unglück meldete sich jetzt auch ihr Darm, der den ganzen Tag noch keine Möglichkeit für eine Erledigung hatte.

‚Was ist, wenn ich jetzt in diesen blöden Teppich kacken muss …!'

Durch angestrengte Konzentration versuchte sie ihren Körper zu beruhigen, vorsichtige Atemübungen durch die Nase, denken an schönere Augenblicke. Und vor allen Dingen: Zusammenkneifen ihres Hinterns! Es gelang ihr, ihren Körper zu überzeugen, dass jetzt nicht die richtige Zeit für solche primären Vorrichtungen sei. Es herrschte lange Zeit eine relative Ruhe, in der ihr viele Dinge durch den Kopf gingen, eine Freundin aus dem Sportgeschäft hatte sie im Winter zum Schlittenfahren auf der ‚Hohen Acht' eingeladen. Ein weiteres Event, das ihr entgehen würde. Was sich die anderen Kollegen im Geschäft wohl dachten, wenn sie Montag morgen nicht zur Arbeit erschien?

Was würde Einar denken, wenn er Montags immer noch keine Nachricht von ihr bekommen hatte.

In all diese banalen Gedanken mischten sich plötzlich laute Geräusche und rissen ihre Gedanken wieder in die Gegenwart. Es war ein lautes Dröhnen um sie herum , das nicht vom Lieferwagen stammte, sondern sich durch den hallenden Raum, in dem sie stehen musste, noch verstärkte.

‚Der Schiffsmotor, mit seinen vielen PS, ist angelaufen, bald geht die Fahrt auf die nächste Etappe, über die Ostsee und weiter ....'

Das Zittern und Vibrieren ging durchs ganze Schiff, durch alles und war noch viel schlimmer, als vorher das einfache Fahrgetöse, das ihr so sehr auf die Nerven ging.

In das Lärmen der Motoren mischten sich lautes Rufen von Männerstimmen und das Hallen von Schritten.

‚Jetzt geht es los.'

Jojo hatte resigniert, schon meinte sie das Wasser unter dem Schiffsbauch schwappen zu hören, das die starken Schrauben bewegen sollten.

Als unvermittelt der Motorenlärm erstarb. Trotzdem war es nicht ruhig. Viele Schritte und Stimmen waren zu hören. Fahrzeugtüren wurden geöffnet, plötzlich auch die ihres Lieferwagens. Mit aller Gewalt versuchte sie auf sich aufmerksam zu machen. Sie krümmte ihren ganzen Körper soweit es ging hin und her und hoffte, dass die Bewegung durch den Teppich von außen zu erkennen war.

Tatsächlich spürte sie Hände, die den Teppich von außen bewegten – aufrollten. Sie konnte die Augen aufschlagen und auch wieder etwas sehen, das Licht war dämmerig und sie blickte in dunkle Männergesichter. Zuerst bekam sie einen riesigen Schrecken, was wenn das hier weitere Helfer von Benno und Peter waren?

Doch dann sah sie das Wort ‚Polis' auf einer der Schutzwesten prangen und sah die Männer mit großen Augen an.

Welchem Schutzengel hatte sie das zu verdanken? Die Männer versuchten offensichtlich beruhigend auf sie einzureden, doch sie verstand kein Wort. Mit einem Messer bekam sie das Klebeband aufgeschnitten und einer versuchte es vorsichtig von ihrem Mund zu entfernen. Da sie jetzt jedoch ihre Hände wieder frei hatte, schüttelte sie den Kopf, massierte sich kurz ihre Handgelenke und Arme, um die Durchblutung wieder anzuregen und riss sich das störende Ding mit einem Ruck selbst herunter. Es brannte höllisch, doch sie ignorierte den Schmerz und zeigte auf die Teppiche links und rechts von sich. Doch ihre Retter hatten wohl schon registriert, dass auch diese Rollen dicker als normal waren.

Zwei Mädchen im Tiefschlaf kamen zum Vorschein. Voller Freude warf Jojo sich auf Mona, umarmte und küsste die schlafende Freundin.

Die Polizisten versuchten sich jetzt auf englisch mit ihr zu verständigen, doch sie war zu aufgeregt, um ein Wort zu verstehen. Ihr fiel kein einziges passendes Wort ein, um ihren Rettern erklären zu können, was ihr auf dem Herzen lag.

Sie kletterte aus ihrem Gefängnis und sah sich um, wie sie vermutet hatte befand sie sich in einem Schiffsbauch. Rings um sie herum standen andere geparkte Autos, die Besitzer dazu, waren wohl an den Oberdecks. Um sie herum waren nur Polizisten und Schiffsarbeiter, die sie an ihren orange Sicherheitsjacken zu erkennen glaubte. Ein Krankenwagen kam jetzt ins Schiff gefahren und sofort liefen Sanitäter mit Bahren auf sie zu.

Jojo bekam nur ein „Peter, Peter, ihr müsst diesen Peter schnappen!" zustande, sie musste doch begreiflich machen, wer hier noch zu fassen war.

Eine weitere Gestalt kam rasch in Richtung des Lieferwagens gelaufen, beim Näherkommen erkannte sie das bärtige Gesicht und hüpfte auf vor Freude.
„Wieso bist du hier Einar?"
„Das gleiche könnte ich dich fragen, Jojo. Ich dachte du würdest nicht noch einmal auf diese Kerle hereinfallen!"
Vor allen Menschen umarmte sie diesen Einar, der wirklich immer dann zur Stelle schien, wenn sie Hilfe nötig hatte.
„Sag ihnen, dass sie unbedingt diesen Peter kriegen müssen, der muss doch noch hier auf dem Schiff sein!"
„Ich denke, dass man den zuerst gefasst hat."
Er wandte sich an einen der Polizisten und sprach mit ihm, dem Kopfnicken entnahm Jojo, dass Einar mit seiner Annahme richtig lag.
„Dann müsst ihr noch Benno und Mel schnappen!"
Aus dem Gedächtnis sagte sie die beiden Nummernschilder der Fahrzeuge auf, die sie inzwischen fest einprägen konnte.
„Ganz ruhig Jojo, auch die konnten schon in Gewahrsam genommen werden. Ich werde dir das ganze etwas genauer erklären müssen!
Bei unserem kleinen Schriftverkehr habe ich dir nicht immer alles geschrieben. Mir gefiel es damals nämlich gar nicht, dass du keine Anzeige erstattet hast. Zwar kann ich die Ansicht deiner Mutter verstehen, aber diese Gauner dürfen nicht ungestraft davon kommen.
Also habe ich das ganze ein klein wenig in die Hand genommen. Natürlich ohne deinen Namen zu nennen. Durch meine Tätigkeit als Sprachlehrer für Erwachsene habe ich einen großen Bekanntenkreis, zudem setzt mich die Stockholmer Polizei auch öfter als Dolmetscher ein. Daher bin ich auch unter ihnen recht bekannt. Letztes Jahr habe ich deinen Fall geschildert und die Zigarettenkippen, die wir zusammen gefunden haben, auf DNA-Spuren untersuchen lassen.

Nur für den Fall der Fälle, wie gesagt, ich musste deine Entscheidung ja akzeptieren. Durch einen besonders guten Bekannten bei der Polizei habe ich erfahren, dass den finnischen Kollegen ein weißer Lieferwagen der Marke Sprinter aufgefallen ist, der nahe der russischen Grenze im Sperrgebiet bemerkt wurde. Der Fahrer hatte ein finnisches Kennzeichen und weiter keine Auffälligkeiten, so dass seine Erklärung, er habe sich nur verfahren akzeptiert wurde. Nach einem weiteren Vorfall, wo er jedoch nicht angehalten wurde, setzte sich allerdings ein Verdacht fest. Was sollte ein Teppichhändler so oft an der Grenze verkaufen wollen? Es befindet sich dort eine Sperrzone von fünf Kilometer, die niemand ohne Genehmigung betreten darf. Es gibt keinen Zaun, sondern nur Warnschilder. Die finnischen Ranger kontrollieren diesen Streifen relativ genau, was bei seiner Länge, jedoch viele Schlupflöcher lässt. Die russischen Kollegen kontrollieren zwar auch, aber ein Russe wurde bestochen und immer bei dessen Dienst wurde der Grenzübertritt festgestellt.

Wir haben diesen Pjotr zum Glück recht langatmig unter die Lupe genommen. Die Länder haben eine große grenzenübergreifende Aktion gestartet, es stellte sich heraus, dass in halb Westeuropa junge Mädchen verschwanden, die nie mehr auftauchten. Die Mädchen wurden immer erst relativ spät als vermisst gemeldet, wahrscheinlich waren sie zu diesem Zeitpunkt schon in ihren Bestimmungsorten gelandet. Außerdem könnte ich mir vorstellen, dass viele gar nicht als vermisst gemeldet wurden, dass also die Dunkelziffer noch viel höher ist. Bei den meisten wurden Abschiedsbriefe gefunden mit den Hinweisen ‚sucht mich nicht!' oder ‚ich gehe freiwillig'.

Bei der Bande, wo Pjotr, oder Peter, wie du ihn genannt hast, nur ein kleines Rädchen ist, handelt es sich um eine richtige Organisation.

Durch seine Observation ist die Polizei dann auch an die Hintermänner gekommen."

„Um was ging es denn jetzt genau, Benno hatte mir ein schönes Leben versprochen, ich kann mir zwar vorstellen, was er meinte, aber das möchte ich jetzt doch genauer wissen."

„Die Bande betrieb gutgehende Bordelle in Moskau und Petersburg, die jetzt zeitgleich mit diesem Zugriff auseinander genommen worden sind. Wir wollten den Verbrechern keine Möglichkeit geben, sich untereinander zu warnen."

Jojo und Einar mussten zur Seite gehen, denn jetzt wurden die beiden Mädchen auf Tragbahren abtransportiert, zur ersten Untersuchung in den Krankenwagen.

Jojo rüttelte jetzt wieder an Einar.

„Du musst ihnen noch etwas sagen, deinen Polizeifreunden! Ich sollte nämlich nach Perm verschleppt werden und außerdem haben die auch ein eigenes Drogenlabor, oder woher glaubst du, haben die so viele Betäubungsmittel. Benno hat mir das erzählt."

Sofort wechselte Einar einige hastige Worte mit dem Polizisten, den er vorher schon angesprochen hatte. Der hatte sofort sein Handy am Ohr und gab die Information weiter.

Einer der Sanitäter kam zurück, um Jojo zu holen, die auch im Krankenhaus untersucht werden sollte. Er nahm ihre Hand, denn sie konnte ja zu Fuß gehen, dabei bemerkte er ihre Fingernägel. Einer war so tief abgerissen, dass er geblutet hatte. Wieder wurde Einar als Dolmetscher gebraucht.

„Wenn du diesem Pjotr damit durchs Gesicht gefahren bist lassen sich darunter noch Hautfetzen feststellen. Damit ist auch er reif, denn er versucht sich sicherlich als ‚nur der Fahrer' aus der Misere zu ziehen.

Weißt du was, meine liebe Jojo, am besten ich fahre mit ins Krankenhaus, falls du nochmals einen Übersetzer brauchst, bin ich zur Stelle. Es ist Sonntag morgen kurz vor sieben Uhr, ich habe derzeit keine andere Verpflichtungen. Zu Hause würde ich wahrscheinlich vor Langeweile umkommen."

„Und ich komme gleich vor lauter Durst und Hunger um. Zuallererst aber müsste ich einmal dringend zur Toilette!"

Epilog

Mona und Chalice hatten durch die Droge glücklicherweise keinen Gedächtnisausfall und konnten schon nach einigen Tagen aus dem Krankenhaus entlassen werden. Weitere psychologische Betreuung war jedoch angeraten.

Chalice war nur über einen Dolmetscher zu überzeugen, dass ihre angebliche Verlobung mit Mel nur Lug und Trug war und sie um Haaresbreite in einem russischen Bordell gelandet wäre.

Der Polizei gelang ein Schlag gegen einen gutorganisierten Mädchenhändlerring. Die Freudenhäuser in Moskau und Sankt Petersburg wurden gründlich auseinandergenommen, insgesamt konnten 48 Mädchen befreit werden, die zum Teil unter erbärmlichen Zuständen lebten, viele wurden seit Jahren vermisst.

Dank Jojos Bericht über ein Drogenlabor wurde die Suche entsprechend erweitert. Daraufhin wurde im Keller des Moskauer Bordells ein gut getarnter Raum gefunden, der ansonsten wahrscheinlich nicht bemerkt worden wäre.

Bis die Polizei allerdings die Verbindung nach Perm, einer großen Industriestadt am Westrand des Urals, ausfindig machen und zugreifen konnte, war dort keine Spur von unfreiwilligen ‚Gästen' zu finden.

„Die Vögel haben Wind gekriegt und sind ausgeflogen!" lautete Einars Kommentar auf die Nachricht.

Benno als einer der mutmaßlichen Drahtzieher, erhielt eine sehr lange Haftstrafe mit anschließender Sicherheitsverwahrung.

Peter, Mel und weitere Helfer wurden ebenfalls alle zu einem längeren Besuch einer Vollzugsanstalt eingeladen. Peter versuchte sich tatsächlich herauszureden, er habe nur Teppiche transportiert und wenn da zufällig mal ein Mädchen dringesteckt haben sollte, sei sie freiwillig dort gewesen. Dank seiner Hautfetzen unter Jojos Fingernägel konnte diese fadenscheinige Aussage schnell widerlegt werden.

Jojo wurde zu ihrem Schutz in ein Kronzeugenschutzprogramm integriert. Sie und ihre Mutter leben heute unter anderem Namen in einem anderen Ort.